Las CRÓNICAS *de*

NARNIA®

C. S. LEWIS

El Sobrino del Mago

Las CRÓNICAS de
NARNIA ®

C. S. LEWIS

El Sobrino del Mago

Traducción de Gemma Gallart
Ilustraciones de Pauline Baynes

rayo

Una rama de HarperCollinsPublishers

Las CRÓNICAS *de*
NARNIA®

EL SOBRINO DEL MAGO. Copyright © 1955 por C. S. Lewis Pte. Ltd.
Traducción © 2005 por Gemma Gallart. Ilustraciones de
Pauline Baynes © 1955 por C. S. Lewis Pte. Ltd.

Libros de HarperCollins pueden ser adquiridos para uso educacional,
comercial o promocional. Para recibir más información, diríjase a:
Special Markets Department, HarperCollins Publishers, 10 East 53rd Street,
New York, NY 10022.

Este libro fue publicado originalmente en inglés en el año 1955
en Gran Bretaña por Geoffrey Bles.

PRIMERA EDICIÓN RAYO, 2005

Library of Congress ha catalogado la edición en inglés.

ISBN-13: 978-0-06-088427-7
ISBN-10: 0-06-088427-4

14 15 16 17 OPM 20 19 18 17 16 15 14 13 12 11

Para la familia Kilmer

ÍNDICE

CAPÍTULO 1

La puerta equivocada

Éste es el relato de algo que sucedió hace mucho tiempo, cuando tu abuelo era un niño. Es una historia muy importante porque muestra cómo empezaron todas las idas y venidas entre nuestro *"goings and comings"* mundo y el de Narnia.

En aquellos tiempos Sherlock Holmes vivía aún en la calle Baker y los Bastable buscaban tesoros en Lewisham Road. En aquellos tiempos, los niños tenían que llevar un rígido cuello almidonado a diario, y las escuelas eran por lo general más desagradables que hoy en día. Aunque las comidas eran mejores; y en cuanto a los dulces, ¡no quiero ni contarte lo baratos y deliciosos que eran, porque sólo conseguiría que se te hiciera la boca agua en vano! Y en esa época vivía en Londres una niña llamada Polly Plummer.

glued
pegar
↪ to glue
pase

La niña vivía en una de las viviendas que, pegadas unas a otras, formaban una larga hilera. Una
mañana, mientras estaba en el jardín trasero de su
casa, un niño se encaramó desde el jardín de al
lado y sacó la cabeza por encima del muro. Polly
se sorprendió mucho porque hasta aquel momento no había habido niños en la casa contigua, únicamente el señor Ketterley y la señorita Ketterley,
que eran hermanos y solteros, algo mayores ya, y
vivían allí juntos. Por ese motivo, la niña alzó la
vista, llena de curiosidad. El rostro del niño desconocido estaba mugriento, y no podría haber
estado más sucio si el muchacho se hubiera res-
tregado las manos en la tierra, después se hubiera puesto a llorar y a continuación se hubiera secado el rostro con las manos. A decir verdad, aquello
era casi exactamente lo que había ocurrido.

—Hola —saludó Polly.

—Hola —respondió él—. ¿Cómo te llamas?

—Polly —dijo ella—. ¿Y tú?

—Digory.

—Vaya, ¡qué nombre más gracioso! —comentó
Polly.

—No es ni la mitad de gracioso que Polly —replicó él.

—Sí, sí que lo es —dijo Polly.

—No, no lo es —protestó Digory.

—Por lo menos yo me lavo la cara —dijo Polly—, que es lo que deberías hacer, especialmente después de... —Y allí se detuvo.

Había estado a punto de decir «después de haber lloriqueado», pero pensó que no resultaría muy educado.

—Pues sí que lo he hecho, ¿y qué? —repuso Digory en voz mucho más alta, igual que un niño

que se siente tan desgraciado que no le importa quién sepa que ha llorado—. Y también tú llorarías —prosiguió— si hubieras vivido toda tu vida en el campo y hubieras tenido un poni y un río al fondo del jardín, y de repente te hubieran traído a vivir a un agujero repugnante como éste.

—Londres no es un agujero —replicó Polly muy indignada.

Pero el niño estaba demasiado exaltado para prestarle atención y siguió hablando:

—Y si tu padre estuviera en la India..., y hubieras venido a vivir con una tía y un tío que está loco, dime tú a quién le gustaría...; y si el motivo fuera que tienen que cuidar de tu madre... y tu madre estuviera enferma y se fuera a... se fuera a... morir.

En aquel momento su rostro se alteró totalmente, como sucede cuando intentas contener las lágrimas.

—No lo sabía. Lo siento —se disculpó Polly humildemente.

Y a continuación, puesto que apenas sabía qué decir, y también para desviar los pensamientos de Digory hacia temas más alegres, preguntó:

—¿De verdad está loco el señor Ketterley?

—Bueno, o está loco —dijo Digory— o algo raro pasa. Tiene un estudio en el desván y tía Letty dice que no debo subir jamás allí. De entrada, eso ya parece sospechoso, y además hay otra cosa. Siempre que intenta decirme algo a la hora de las comidas, porque jamás habla con mi tía, ella siempre lo hace callar, diciendo: «No molestes al niño, Andrew», o «Estoy segura de que Digory no quiere oír hablar de *eso*», o también: «¿Qué te parece, Digory? ¿No te gustaría salir a jugar al jardín?».

—¿Qué clase de cosas intenta decirte?

—No lo sé. Nunca llega a decirme nada. Y todavía hay más. Una noche, mejor dicho, ayer por la noche, cuando pasaba por delante de la escalera que conduce al desván para ir a acostarme, y por cierto, no es que me guste mucho pasar por delante de esa escalera, estoy seguro de que oí un alarido.

—A lo mejor tiene a una esposa loca encerrada ahí arriba.

—Sí, ya lo he pensado.

—O quizá es falsificador de billetes.

—O tal vez de joven fuera pirata, como el que sale al principio de *La isla del tesoro*, y ahora se viera obligado a esconderse de sus antiguos camaradas.

—¡Qué emoción! —exclamó Polly—. No sabía que tu casa fuera tan interesante.

—Quizá tú la encuentres interesante —refunfuñó él—, pero no te gustaría si tuvieras que dormir

13

allí. ¿Qué te parecería permanecer despierta en la cama mientras oyes los pasos del tío Andrew avanzando sigilosamente por el pasillo hacia tu habitación? Y tiene unos ojos horribles.

Así fue como Polly y Digory se conocieron: y puesto que acababan de empezar las vacaciones de verano y ninguno de ellos se iba a la playa aquel año, se veían casi a diario.

Sus aventuras se debieron en gran medida a que fue uno de los veranos más lluviosos y fríos que había habido en muchos años, y eso los obligó a realizar actividades de interior; se las podría llamar «exploraciones caseras». Resulta maravilloso lo mucho que se puede explorar con el cabo de una vela en una casa grande, o en una hilera de casas. Hacía tiempo que Polly había descubierto que si se abría cierta puertecita del desván de su casa se encontraba el depósito de agua y un lugar oscuro detrás de él al que se podía acceder trepando con cuidado. El lugar oscuro era como un túnel largo con una pared de ladrillos a un lado y un tejado inclinado al otro, y en el tejado había pequeños retazos de luz entre las tejas de pizarra. Aquel túnel no tenía suelo: había que pisar de viga en viga, y entre ellas no había más que una capa de yeso. Si la pisabas, ésta cedía y te precipitabas a la habitación situada debajo. En el trozo de túnel que había justo al lado del depósito, Polly había acondicionado la Cueva del Contrabandista y había subido pedazos de cajas viejas de embalaje y sillas de cocina rotas, y cosas por el estilo, y lo había esparcido todo de una viga a otra para crear un pedazo de suelo. Allí guardaba un cofre que contenía distintos tesoros, un cuento que estaba escribiendo y, por lo general, también unas cuantas manzanas. A menudo había bebido en aquel lugar alguna que otra botella de gaseosa de jengibre, y las botellas viejas contribuían a dar al lugar el aspecto de una cueva de contrabandistas.

A Digory le gustaba bastante la cueva, a pesar de que Polly no le permitía ver el cuento; de todas formas, él estaba más interesado en explorar.

—Oye —le dijo un día—, ¿hasta dónde llega este túnel? Quiero decir, ¿acaba donde termina tu casa?

—No —respondió Polly—, las paredes no llegan hasta el tejado. Sigue adelante. No sé hasta dónde.

—En ese caso podríamos ir de un extremo a otro de toda la hilera de casas.

—¡Pues claro! —asintió ella—. Y ¡espera!

—¿Qué?

—Podríamos «entrar» en las otras casas.

—Sí, ¡y nos encerrarían por ladrones! No, gracias.

—No te pases de listo. Pensaba en la casa situada al otro lado de la tuya.

—¿Qué le pasa?

—Pues que está vacía. Papá dice que ha estado vacía desde que llegamos aquí.

—En ese caso, supongo que deberíamos echarle un vistazo —dijo Digory.

Estaba mucho más entusiasmado de lo que reflejaba su comentario, pues desde luego pensaba, igual que habrías hecho tú, en todas las razones por las que la casa habría permanecido vacía durante tanto tiempo. Lo mismo le sucedía a Polly. Ninguno de los dos mencionó la palabra «encantada», y ambos pensaron que una vez hecha la sugerencia, no podían echarse atrás.

—¿Lo intentamos ahora? —preguntó Digory.

—De acuerdo.

—No tienes por qué hacerlo si no quieres —indicó él.

—Si tú te atreves, yo también —respondió ella.

—¿Cómo sabremos que estamos en la casa que nos interesa?

Decidieron que tendrían que salir al desván y recorrerlo dando pasos tan largos como los que mediaban entre una viga y la siguiente. Eso les daría una idea de cuántas vigas tenía una habitación. Luego calcularían unas cuatro más para el pasillo entre los dos desvanes de la casa de Polly, y a continuación el mismo número que en el desván para la habitación de la criada. La operación les proporcionaría la longitud de la casa. Cuando hubieran recorrido dos veces aquella distancia habrían llegado al final de la casa de Digory; cualquier puerta que encontraran después de eso los conduciría a un desván de la casa vacía.

—Pero no creo que esté vacía del todo —declaró Digory.

—¿Ah, no?

—Creo que alguien vive allí en secreto, alguien que entra y sale sólo por la noche, con una linterna sorda. Probablemente descubriremos a una banda de criminales peligrosos y obtendremos una recompensa. No tiene sentido que una casa esté vacía tantos años si no es que oculta algún misterio.

—Papá pensaba que la culpa era de los desagües —comentó la niña.

—¡Bah! A los adultos siempre se les ocurren explicaciones aburridas —respondió su compañero.

Ahora que hablaban a la luz del día en el desván, en lugar de a la luz de la vela en la Cueva del Contrabandista, parecía mucho menos probable que la casa vacía estuviera encantada.

Una vez hubieron medido el desván, tuvieron que conseguir un lápiz y efectuar una suma. Al principio los dos obtuvieron resultados distintos y, cuando por fin coincidieron sus sumas, no es muy seguro de que los cálculos fueran correctos, ya que tenían mucha prisa por iniciar la exploración.

—No debemos hacer el menor ruido —dijo Polly mientras volvían a trepar por detrás del depósito.

Debido a la importancia de la ocasión, tomaron una vela cada uno, pues Polly tenía una buena provisión de ellas en su cueva.

El lugar estaba muy oscuro, polvoriento y surcado por numerosas corrientes de aire. Avanzaron de viga en viga sin decir una palabra excepto cuando se susurraron el uno el otro: «Ahora esta-

mos frente a "tu" desván», o «Sin duda hemos recorrido ya la mitad de "nuestra" casa». Por suerte,
ninguno tropezó ni se apagaron las velas, y por
fin llegaron a un lugar donde se distinguía una
puertecita en la pared de ladrillos de su derecha.
Desde luego no había ni cerrojo ni picaporte en
aquel lado, pues la puerta había sido construida

para entrar en el túnel, no para salir; pero había un pestillo —como los que suele haber en la parte interior de las puertas de las alacenas— que estaban convencidos de poder abrir.

—¿Lo hago? —preguntó Digory.

—Si tú te atreves, yo también —contestó Polly, tal como había dicho antes.

Los dos se daban cuenta de que aquello iba cada vez más en serio, pero ninguno estaba dispuesto a retroceder. Digory descorrió el pestillo con cierta dificultad. La puerta se abrió de par en par y la repentina luz del día los hizo parpadear. Entonces, con un gran sobresalto, descubrieron que contemplaban, no un desván desierto, sino una habitación amueblada. Aunque era muy espaciosa, y en ella reinaba un silencio sepulcral. A Polly la pudo la curiosidad y, apagando de un soplo su vela, entró en la extraña estancia, tan sigilosa como un ratón.

Desde luego, la habitación tenía la forma de un desván, pero estaba amueblada como una sala de estar. Todas las paredes aparecían cubiertas de arriba abajo de estanterías y todas las estanterías estaban repletas de libros. Ardía un buen fuego en la chimenea —no hay que olvidar que aquel año el verano fue muy frío y lluvioso— y frente al hogar, de espaldas a ellos, había un sillón de respaldo alto. Entre el sillón y Polly, y ocupando casi toda la parte central de la habitación, había una mesa enorme llena de toda clase de cosas: libros, cuadernos en blanco, frascos de tinta, plumas, lacre y un microscopio. Sin embargo, en lo que la niña se fijó primero fue en una bandeja de madera de un rojo brillante que contenía unos anillos. Estaban dispuestos de dos en dos, uno amarillo y uno verde, después un espacio, y luego otro amarillo junto a otro verde. No eran mayores que cualquier anillo corriente, pero resplandecían de tal modo que era imposible no verlos. Eran los objetos más hermosos y brillantes que uno pueda imaginar, y si Polly hubiera sido algo más pequeña sin duda habría corrido a meterse uno en la boca.

La habitación estaba tan silenciosa que advirtieron inmediatamente el tictac del reloj. Y no obstante, tal como descubrió entonces Polly, tampoco permanecía en un silencio absoluto. Se oía un débil —un muy, muy débil— zumbido, y si las aspiradoras ya se hubieran inventado por aquel entonces, Polly habría pensado que se trataba del sonido de uno de éstos aspirando a mucha distancia, varias habitaciones más allá y unos cuantos pisos más abajo. No obstante era un sonido más agradable, mucho más musical, aunque tan débil que apenas se oía.

21

—Todo va bien... aquí no hay nadie —dijo Polly a su compañero, volviendo la cabeza por encima del hombro.

Su voz sonó poco más alta que un susurro, y tras ella salió Digory, parpadeando y con un aspecto sumamente sucio, igual que el de Polly.

—Esto no vale —declaró—. ¡La casa no está vacía! Será mejor que pongamos pies en polvorosa antes de que venga alguien.

—¿Qué crees que son? —inquirió Polly, señalando los anillos de colores.

—Está bien, vamos —dijo Digory—. Cuanto antes...

No llegó a terminar lo que iba a decir pues en aquel momento sucedió algo. El sillón de respaldo alto colocado ante el fuego se movió de repente y de él se alzó —igual que un demonio de pantomima saliendo por una trampilla— la alarmante figura del tío Andrew. No se encontraban en la casa desierta; ¡estaban en casa de Digory y en el estudio prohibido! Los dos niños lanzaron un «¡Ooooh!» y comprendieron su terrible error, también se dieron cuenta de que deberían haber sabido desde el principio que no habían andado lo suficiente.

El tío Andrew era alto y muy delgado. Tenía un rostro lampiño con una nariz puntiaguda y ojos sumamente brillantes, y una enmarañada mata de pelo de color gris.

Digory se quedó sin habla, pues su tío le parecía mil veces más inquietante de lo que antes había creído. Polly no se sentía tan asustada aún; pero no tardó en estarlo, pues lo primero que hizo el anciano fue cruzar la habitación en dirección a la puerta, cerrarla, y girar la llave en la cerradura; luego se dio la vuelta, clavó los brillantes ojos en los niños y sonrió, mostrando todos los dientes.

—¡Ya está! —dijo—. ¡Ahora la tonta de mi hermana no podrá encontraros!

Era algo espantosamente distinto de lo que se esperaría que hiciera cualquier adulto. A Polly le dio un vuelco el corazón, y ella y Digory empezaron a retroceder en dirección a la portezuela por la que habían entrado. El tío Andrew fue demasiado rápido para ellos. Pasó por detrás de ambos, cerró la puerta y se quedó de pie frente a ella. Hecho eso, se frotó las manos e hizo chasquear los nudillos. Tenía unos dedos muy largos y blancos.

—Estoy encantado de veros —dijo—. Dos niños son exactamente lo que necesitaba.

—Por favor, señor Ketterley —suplicó Polly—, es casi la hora de cenar y tengo que ir a casa. Déjenos salir, por favor.

—Todavía no —respondió el tío Andrew—. Ésta es una oportunidad demasiado buena para dejarla escapar. Quería dos niños. Veréis, estoy en mitad de un gran experimento. Lo he probado con un conejillo de Indias y pareció funcionar, aunque, claro está, un conejillo de Indias no puede contarte nada. Y uno no puede explicarle cómo regresar.

—Mira, tío Andrew —intervino Digory—, realmente es hora de cenar y nos estarán buscando dentro de un instante. Tienes que dejarnos salir.

—¿Ah, sí? —preguntó el tío Andrew.

Digory y Polly intercambiaron una mirada. No se atrevieron a decir nada, pero sus miradas significaban: «Esto es horrible» y «Tenemos que seguirle la corriente».

—Si deja que nos marchemos a cenar ahora —dijo Polly—, podríamos regresar dentro de un rato.

—Ya, pero ¿cómo sé que vais a volver? —inquirió el tío Andrew con una astuta sonrisa, y a continuación pareció cambiar de idea—. Bueno, bueno, bueno, si realmente tenéis que marcharos, supongo que debéis hacerlo. No puedo esperar que dos jovencitos como vosotros encuentren muy divertido conversar con un vejestorio como yo. —Suspiró y siguió diciendo—: No tenéis ni idea de lo solo que me siento a veces. Pero no importa. Id a cenar. Aunque debo daros un regalo antes de que os marchéis. No todos los días entra una jovencita en mi deprimente y destartalado estudio; en especial, si se me permite decirlo, una joven dama tan atractiva como tú.

Polly empezó a pensar que, después de todo, el anciano no estaba tan loco.

—¿Te gustan los anillos, bonita? ¿Quieres uno? —preguntó el tío Andrew a Polly.

—¿Se refiere usted a uno de esos amarillos y verdes? —preguntó ella—. ¡Son preciosos!

—Los verdes no —advirtió el tío Andrew—, me temo que no puedo regalar los de color verde. Sin embargo me encantaría darte uno de los amarillos: con todo mi cariño. Ven y pruébate uno.

Polly ya casi había superado su miedo y estaba segura de que el anciano caballero no estaba loco; y desde luego existía algo extrañamente atractivo en aquellos brillantes anillos. Se acercó a la bandeja.

—¡Vaya! —dijo—. Aquí se oye más el zumbido. Es casi como si lo produjeran los anillos.

—Qué idea tan ridícula, chiquilla —respondió el tío Andrew con una carcajada.

Sonó como una carcajada muy natural, pero Digory había visto una expresión ansiosa, casi codiciosa en su rostro.

—¡Polly! ¡No seas tonta! —gritó—. ¡No los toques!

Demasiado tarde. Exactamente mientras lo decía, la mano de la niña fue a tocar uno de los anillos, y al instante, sin un centelleo ni un ruido ni la menor advertencia, Polly desapareció. Digory y su tío estaban solos en la habitación.

CAPÍTULO 2

Digory y su tío

Fue tan repentino y tan terriblemente distinto de todo lo que le había sucedido a Digory en su vida, incluso en sus pesadillas, que éste gritó. Al instante, la mano del tío Andrew cayó sobre su boca.

—¡Nada de eso! —le susurró al oído—. Si empiezas a hacer ruido tu madre lo oirá, y ya sabes lo que puede afectarle un susto.

Tal como dijo Digory más tarde, la horrible mezquindad de intimidar a una persona de «aquel» modo casi le provocó náuseas, aunque, desde luego, no volvió a gritar.

—Eso está mejor —dijo el tío Andrew—. Supongo que no has podido evitarlo. Realmente uno siente un sobresalto terrible la primera vez que ve desaparecer a alguien. Si incluso yo me llevé un buen susto cuando le sucedió lo mismo al conejillo de Indias la otra noche.

—¿Fue esa la noche que lanzaste un alarido? —preguntó Digory.

—Vaya, entonces lo oíste, ¿no es así? Espero que no me hayas estado espiando.

—No, no lo he hecho —respondió su sobrino, indignado—; pero ¿qué le ha sucedido a Polly?

—Felicítame, querido muchacho —indicó su tío, frotándose las manos—. Mi experimento ha tenido éxito. La niña se ha ido, se ha esfumado, de este mundo.

—¿Qué le has hecho?

—Enviarla a... digamos... otro lugar.

—¿Qué quieres decir? —preguntó Digory.

—Bueno —dijo el tío Andrew, sentándose—, te lo contaré todo. ¿Has oído hablar alguna vez de la anciana señora Lefay?

—¿No era una tía abuela o algo parecido? —inquirió Digory.

—No exactamente —respondió él—, era mi madrina. Mira hacia la pared; ésa de ahí es ella.

Digory miró y vio una fotografía descolorida que mostraba el rostro de una anciana con una toca. Recordó entonces que una vez había visto una fotografía del mismo rostro en un cajón de su casa, en el campo. Había preguntado a su madre quién era, pero ella no había mostrado mucho interés en hablar de aquel tema. No era un rostro agradable en absoluto, se dijo Digory, aunque desde luego con aquellas fotografías tan antiguas era muy difícil estar seguro.

—¿Había... no había... algo raro respecto a ella, tío Andrew?

—Bueno —dijo su tío con una risita ahogada—, depende de a qué llames «raro». La gente tiene una mentalidad muy cerrada. Desde luego se volvió muy excéntrica en sus últimos años de vida, e hizo cosas muy imprudentes. Por ese motivo la encerraron.

—¿En un manicomio, quieres decir?

—No, no, no —respondió su tío, escandalizado—. Nada de eso; sólo la llevaron a la cárcel.

—¡Vaya! —exclamó Digory—. ¿Qué había hecho?

—Ah, pobre mujer —respondió el anciano—. Había sido muy imprudente. Hubo un gran número de hechos diversos, pero no es necesario que entremos en detalles. Siempre fue muy amable conmigo.

—Pero oye, ¿qué tiene todo esto que ver con Polly? Realmente me gustaría que...

—Todo a su debido tiempo, muchacho —dijo el tío Andrew—. Pusieron en libertad a la vieja señora Lefay antes de que muriera y yo fui una de las poquísimas personas a las que permitió que la visitaran durante sus últimos meses de vida. Le resultaba antipática a la gente corriente e ignorante, como comprenderás. A mí me sucede lo mismo. Sin embargo, ella y yo estábamos interesados en la misma clase de cosas, y fue sólo unos pocos días antes de su muerte cuando me dijo que fuera a una vieja cómoda de su casa, abriera un cajón secreto y le trajera una cajita que encontraría allí. En cuanto así la caja me di cuenta por el hormigueo de mis dedos que sostenía un gran secreto en mis manos. Me la entregó y me hizo prometerle que la quemaría en cuanto ella muriera, sin abrirla, y con ciertas ceremonias. Promesa que no cumplí.

—Bien, pues en ese caso te comportaste de un modo repugnante —lo reprendió Digory.

—¡Repugnante! —exclamó él con una expresión perpleja—. Bueno, ya lo entiendo. Quieres decir que los niños deben mantener sus promesas. Muy cierto: es lo más correcto y decente, estoy seguro, y me alegro de que te hayan enseñado a obrar así. Aunque desde luego debes comprender que normas de esa clase, por muy excelentes que puedan ser para muchachitos, criados, mujeres, e incluso la gente en general, no pueden aplicarse bajo ningún concepto a estudiantes concienzudos, grandes pensadores y sabios. No, Digory; los hombres como yo, que poseen un saber oculto, estamos libres de las normas corrientes del mismo modo que también estamos excluidos de los placeres corrientes. El nuestro, muchacho, es un destino sublime y solitario.

Mientras lo decía suspiró y adoptó una expresión tan seria, noble y misteriosa que por un segundo Digory realmente pensó que estaba diciendo algo magnífico; pero entonces recordó la desagradable expresión que había visto en el rostro de su tío justo antes de que Polly se esfumara, e inmediatamente vio más allá de las grandilocuentes palabras del tío Andrew.

«Lo único que significa eso —se dijo— es que cree que puede hacer lo que le parezca para conseguir lo que desea.»

—Desde luego —siguió el anciano—, no me atreví a abrir la caja durante mucho tiempo, pues sabía que podría contener algo sumamente peligroso, ya que mi madrina era una mujer excepcional. Lo cierto es que fue una de los últimos mortales de este país que tenía sangre mágica, como las hadas; decía que había habido otras dos durante su época: una era una duquesa y la otra una asistenta. De hecho, Digory, en estos momentos hablas, posiblemente, con el último hombre que realmente tuvo un hada madrina. ¡Vaya! Eso será algo que podrás recordar cuando también seas anciano.

«Seguro que era un hada mala», pensó el niño; y en voz alta añadió:

—Pero ¿qué pasa con Polly?

—¡Qué pesado estás con eso! —se quejó el tío Andrew—. ¡Como si eso fuera lo importante! Mi primera tarea fue desde luego estudiar la caja misma. Era muy antigua, y yo sabía lo suficiente incluso entonces como para comprender que no era ni griega, ni del antiguo Egipto, ni babilónica, ni hitita, ni china, sino que era mucho más vieja que cualquiera de esas naciones. Ah…, entonces llegó un gran día en que descubrí la verdad. La caja procedía de la Atlántida, provenía de la isla perdida de la Atlántida. Eso significaba que tenía muchos más siglos de antigüedad que cualquiera de las cosas de la Edad de Piedra que se desentierran en Europa. Tampoco se trataba de algo primitivo y tosco como suelen ser esas cosas, pues en los albores de los tiempos la Atlántida era una gran ciudad con palacios, templos y sabios.

Hizo una pausa durante unos momentos como si esperara que Digory dijera algo; pero el niño encontraba a su tío más desagradable a cada minuto que pasaba, de modo que no dijo nada.

—Entretanto —prosiguió el tío Andrew—, yo aprendía muchas cosas por otros medios, que no resultaría apropiado explicar a un niño, sobre magia en general. Eso significó que llegué a tener una buena idea de la clase de cosas que podría haber en la caja. Reduje las posibilidades mediante varias pruebas, que me obligaron a conocer a algunas, digamos, personas diabólicamente peculiares, y pasar por algunas experiencias muy desagradables. Eso fue lo que hizo que mi pelo encaneciera. Uno no se convierte en mago sin tener que dar algo a cambio. Al final mi salud se debilitó, pero mejoré, y finalmente ¡lo supe!

A pesar de que no existía realmente la menor posibilidad de que alguien pudiera oírlos, el anciano se inclinó hacia delante y casi susurró cuando dijo:

—La caja de la Atlántida contenía algo que había sido traído de Otro Mundo cuando el nuestro apenas empezaba a existir.

—¿Qué? —preguntó Digory, que en aquellos momentos se sentía interesado muy a su pesar.

—Sólo había polvo —respondió el tío Andrew—. Un fino polvo seco. Nada espectacular en apariencia; no gran cosa como resultado de toda una vida de trabajo, podrías decir. Ah, pero cuando miré aquel polvo —y tuve buen cuidado de no tocarlo—, pensé que cada grano había estado en el pasado en Otro Mundo, y no me refiero a otro planeta, ¿me explico?; porque los demás planetas son parte de nuestro mundo y podrías llegar hasta ellos si viajaras lo bastante lejos, sino realmente Otro Mundo, otra naturaleza, otro universo, un lugar al que jamás podrías llegar aunque viajaras por el espacio de este universo eternamente, un mundo que sólo se puede alcanzar mediante la magia, ¡eso es!

Llegado a aquel punto, el tío Andrew se frotó las manos hasta que los nudillos crujieron igual que fuegos artificiales.

—Comprendí —siguió—, que si alguien conseguía darle la forma correcta, aquel polvo lo conduciría de vuelta al lugar del que procedía. Sin embargo, la dificultad estaba en darle la forma correcta. Mis primeros experimentos acabaron todos en fracaso.

Los probé con conejillos de Indias, pero algunos se limitaron a morir. Unos cuantos estallaron como pequeñas bombas...

—¡Qué cruel! —le reprendió Digory, que en una ocasión había tenido su propio conejillo de Indias.

—¡Es que no puedes dejar de cambiar de tema! Para eso eran las criaturas. Las compré yo mismo. Veamos... ¿por dónde iba? Ah, sí. Por fin logré crear los anillos: los anillos amarillos. Pero entonces surgió una nueva dificultad. Por aquel entonces yo estaba convencido de que un anillo amarillo era capaz de enviar a cualquier criatura que lo tocara al Otro Lugar, pero ¿de qué me iba a servir si no podía hacer que volvieran para contarme qué habían encontrado allí?

—Y ¿qué iba a pasar con las criaturas? —inquirió el niño—. ¡En menudo lío estarían si no podían regresar!

—Te empeñas en mirarlo todo desde el punto de vista equivocado —replicó el tío Andrew con una expresión de impaciencia—. ¿Es qué no comprendes que esto es un gran experimento? Lo que pretendo al enviar a alguien al Otro Lugar es averiguar cómo es ese sitio.

—Bueno, en ese caso ¿por qué no fuiste tú mismo?

Digory no había visto jamás a nadie con una expresión tan asombrada y ofendida como la que mostró su tío ante aquella sencilla pregunta.

—¿Yo? ¿Yo? —exclamó éste—. ¡El chico sin duda está loco! ¿Un hombre de mi edad, y con mi precaria salud, exponerse al sobresalto y a los peligros de ser arrojado repentinamente a un universo distinto? ¡Jamás en la vida había oído nada tan absurdo! ¿Te das cuenta de lo que dices? Piensa en lo que el Otro Mundo significa..., puede encontrarse uno con cualquier cosa... cualquier cosa.

—Y supongo que has enviado a Polly a enfrentarse con todo eso en tu lugar —dijo Digory, y sus mejillas ardían de cólera en aquel momento—. Y todo lo que puedo decir —añadió—, incluso aunque seas mi tío..., es que te has comportado como un cobarde, al enviar a una niña a un sitio al que tienes miedo de ir tú mismo.

—¡A callar, señor mío! —ordenó el anciano, descargando la mano sobre la mesa—. No pienso permitir que un mugriento colegial me hable de ese modo. No lo comprendes. Soy el gran estudioso, el mago, el experto, que «realiza» el experimento. Claro que necesito sujetos sobre los que efectuarlo. ¡Dios mío, lo próximo que me dirás es que debería haber pedido permiso a los conejillos de Indias antes de utilizarlos! Es imposible alcanzar gran sabiduría sin sacrificios; pero la idea de que fuera yo mismo resulta ridícula. Es igual que pedir a un general que pelee como un soldado raso. Imaginemos que muero, ¿qué sería del trabajo de toda mi vida?

—Basta, deja de cotorrear de una vez —dijo su sobrino—. ¿Vas a traer de vuelta a Polly?

—Iba a decirte, cuando me interrumpiste de un modo tan grosero —respondió el tío Andrew—, que finalmente encontré un modo de efectuar el viaje de vuelta. Los anillos verdes te traen de regreso.

—Pero Polly no tiene un anillo verde.

—No —respondió su tío con una sonrisa cruel.

—En ese caso no puede regresar —gritó Digory—, y eso es justo lo mismo que si la hubieras asesinado.

—Puede regresar —indicó el tío Andrew—, si otra persona va tras ella, con un anillo amarillo puesto y llevando consigo dos anillos verdes, uno para regresar él y el otro para traerla a ella de vuelta.

Y entonces, claro está, Digory vio la trampa en la que había caído; miró con asombro al tío Andrew, sin decir nada, totalmente boquiabierto, y con las mejillas muy pálidas.

—Espero —dijo su tío al poco tiempo en voz muy alta y potente, como si fuera un tío perfecto que acaba de dar una generosa propina y unos cuantos buenos consejos—, espero, Digory, que no seas una persona propensa a la cobardía. Me apenaría muchísimo pensar que alguien de nuestra familia carece de honor y caballerosidad suficientes para ir en ayuda de... ah... una dama en apuros.

—¡Cállate, por favor! —gritó su sobrino—. Si tú tuvieras algo de honor y todo eso, irías tú mismo; pero sé que no lo harás. De acuerdo. Ya veo que tengo que ir yo. No obstante, debo decirte que eres repugnante. Supongo que lo planeaste todo, de modo que ella se marchara sin saberlo y luego yo tuviera que ir en su busca.

—Desde luego —respondió él, con aquella sonrisa tan odiosa.

—Muy bien. Iré, pero hay algo que pienso decir de todos modos. No creía en la magia hasta hoy, y ahora veo que existe. Bien, pues si es así, supongo que todos los viejos cuentos de hadas son más o menos ciertos, y en ese caso, eres sencillamente un mago perverso y cruel como los que aparecen en los relatos. Además, no he leído jamás un cuento en el que la gente de esa clase no acabara recibiendo su merecido al final, y apuesto a que a ti también te sucederá. Y lo tendrás bien merecido.

De todas las cosas que Digory había dicho aquélla fue la primera que realmente dio en el blanco. El tío Andrew saltó y en su rostro apareció tal expresión de horror que, a pesar de lo odioso que era, casi hacía que se sintiera pena por él. Sin embargo, al cabo de un segundo consiguió borrarla y dijo con una carcajada bastante forzada:

—Bien, bien, supongo que es natural que un niño piense eso, en especial uno que ha crecido entre mujeres, como es tu caso. Cuentos de viejas, ¿no es así? No creo que debas preocuparte por el peligro que yo pueda correr. ¿No sería mejor que te preocuparas por el peligro que puede correr tu amiguita? Hace ya un buen rato que se marchó. Si existen peligros, en el Otro Lado, creo que sería una lástima llegar cuando fuera demasiado tarde.

—Seguro que a ti te importa un bledo —le recriminó Digory con ferocidad—, pero estoy harto de tanta palabrería. ¿Qué debo hacer?

—Realmente tienes que aprender a controlar ese genio, muchacho —indicó el tío Andrew con la mayor frescura—; de lo contrario, cuando crezcas, serás igual que tu tía Letty. Ahora, presta atención.

Se levantó, se puso un par de guantes y fue hacia la bandeja que contenía los anillos.

—Sólo funcionan —dijo— si tocan directamente la piel. Con los guantes puestos, puedo agarrarlos, así, y no sucede nada. Si llevaras uno en el bolsillo no sucedería nada: pero por supuesto tienes que tener cuidado de no introducir la mano en el bolsillo y tocarlo sin querer. En cuanto rozas el anillo amarillo, desapareces de este mundo. Cuando estés en el Otro Lugar espero, claro que esto no ha sido probado todavía, pero «espero» que en cuanto toques un anillo verde desaparezcas de aquel mundo y confío en que reaparezcas en éste. Veamos. Tomo estos dos de color verde y los dejo caer en tu bolsillo derecho. Recuerda con suma atención en qué bolsillo están los verdes. «V» por verde y «D» por derecho. «V. D.» ¿lo ves?; las dos son consonantes de la palabra verde. Hay uno para ti y otro para la niña. Y ahora toma el amarillo para ti. Si yo estuviera en tu lugar, me lo pondría en el dedo, así existirán menos posibilidades de que lo dejes caer.

Digory estaba a punto de tomar el anillo amarillo cuando se detuvo de repente.

—¡Escucha! —dijo—. ¿Y mamá? ¿Y si pregunta por mí?

—Cuanto antes te vayas, antes regresarás —respondió el tío Andrew alegremente.

—Pero en realidad no sabes si puedo regresar.

El anciano se encogió de hombros, fue hasta la puerta, hizo girar la llave, la abrió de par en par y dijo:

—Muy bien, pues. Como desees. Baja y cena. Deja que esa niñita sea devorada por animales salvajes, se ahogue o se muera de hambre en el Otro Mundo o se quede allí para siempre. A mí me da lo mismo. Pero tal vez, antes de cenar, deberías ir a ver a la señora Plummer y explicarle que nunca volverá a ver a su hija porque tienes miedo de ponerte un anillo.

—¡Vaya! —exclamó Digory—. ¡No sabes cuánto desearía ser mayor para darte un buen puñetazo!

Dicho eso se abotonó la chaqueta, aspiró con fuerza y tomó el anillo. Al hacerlo pensó, y nunca dejó de pensarlo, que sinceramente no tenía otra opción.

CAPÍTULO 3

El Bosque entre los Mundos

El tío Andrew y su estudio se desvanecieron al instante, y luego, por un momento, todo se volvió confuso. Lo siguiente que supo Digory fue que había una suave luz verde que caía sobre él desde lo alto, y oscuridad a sus pies. No tenía la impresión de estar de pie sobre nada, ni sentado, ni acostado; no parecía estar en contacto con nada.

—Me parece que estoy en el agua —dijo—, o «debajo» del agua.

Aquello lo asustó por un segundo, pero casi al mismo tiempo sintió que ascendía a toda velocidad. Luego su cabeza salió repentinamente al aire libre y se encontró gateando hacia tierra firme, sobre un terreno llano cubierto de hierba situado al borde de un estanque.

Mientras se ponía en pie advirtió que no chorreaba agua ni le faltaba el aliento, como habría sido de esperar tras un buen chapuzón. Tenía la ropa perfectamente seca y estaba de pie junto al borde de un pequeño estanque —no había más de tres metros de un extremo a otro— en el interior de un bosque. Los árboles crecían muy juntos y eran tan frondosos que no se podía entrever ni un pedazo de cielo. La única luz que le llegaba era una luz verde que se filtraba por entre las hojas: pero sin duda existía un sol potente en lo alto, pues aquella luz natural verde era brillante y cálida. Era el bosque más silencioso que se pueda imaginar. No había pájaros, ni insectos, ni animales, y no soplaba viento. Casi se podía sentir cómo crecían los árboles. El estanque del que acababa de salir no era el único. Había docenas de estanques, uno cada pocos metros hasta donde alcanzaban sus ojos, y creía percibir cómo los árboles absorbían el agua con sus raíces. Era un bosque lleno de vida y al intentar describirlo más tarde, Digory siempre decía: «Era un lugar apetitoso: tan apetitoso como un pastel de ciruelas».

Lo más extraño de todo fue que, incluso antes de haber mirado a su alrededor, Digory ya había medio olvidado cómo había llegado allí. Desde luego no pensaba en Polly, ni en el tío Andrew, ni siquiera en su madre, y además no estaba nada asustado, ni nervioso, ni tampoco sentía curiosi-

dad. Si alguien le hubiera preguntado: «¿De dónde has venido?», probablemente habría respondido: «Yo siempre he estado aquí». Aquélla era la sensación que producía, como si uno hubiera estado siempre en aquel lugar y jamás se hubiera aburrido a pesar de que allí nunca sucedía nada. Tal como explicó mucho más tarde.

«En este sitio no sucede nada. Los árboles se dedican a crecer, eso es todo.»

Al cabo de un buen rato de contemplar el bosque, Digory se dio cuenta de que había una niña acostada de espaldas a los pies de un árbol a unos metros de allí. Los ojos de la pequeña estaban medio cerrados, como si estuviera entre el sueño y la vigilia. Por ese motivo, el niño se dedicó a contemplarla durante un buen rato sin decir nada. Finalmente, ella abrió los ojos y lo miró durante mucho tiempo, sin pronunciar palabra tampoco, hasta que por fin le habló, con una voz soñolienta y complacida.

—Creo que nos hemos visto antes —declaró.

—A mí también me lo parece —respondió Digory—. ¿Llevas mucho tiempo aquí?

—Toda la vida —dijo ella—. Al menos... no sé... mucho tiempo.

—Yo también.

—No, tú no —indicó la niña—, porque acabo de verte salir de aquel estanque.

—Sí, puede ser —concedió Digory con expresión perpleja—. Lo había olvidado.

Después se pasaron un buen rato en silencio.

—Oye —dijo la niña finalmente—, me pregunto si ya nos conocíamos. Tengo una vaga idea, una especie de imagen en la cabeza, de un niño y una niña, como nosotros, que vivían en un lugar muy distinto y hacían toda clase de cosas. A lo mejor fue sólo un sueño.

—Pues creo que he tenido ese mismo sueño

—repuso Digory—. De un niño y una niña que vivían en casas contiguas..., y gateaban entre las vigas. Recuerdo que la niña tenía un rostro muy sucio.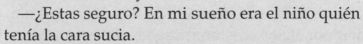

—¿Estas seguro? En mi sueño era el niño quién tenía la cara sucia.

—No recuerdo el rostro del niño —indicó Digory y luego añadió—: ¡Vaya! ¿Qué es eso?

—¡Toma! Es un conejillo de Indias —dijo la niña.

Y eso era, un rechoncho conejillo de Indias, que husmeaba por entre la hierba, con una cinta alrededor de la barriga que sujetaba a su lomo un brillante anillo amarillo.

—¡Mira! ¡Mira! —gritó Digory—. ¡El anillo! Y ¡fíjate! Tú llevas uno en el dedo, y yo también.

La niña se sentó entonces, interesadísima en el hallazgo. Ambos se miraron fijamente, intentando recordar. Y entonces, a la vez, ella exclamó, «¡El señor Ketterley!», y él gritó, «¡El tío Andrew!», y supieron quiénes eran y empezaron a recordar todo lo sucedido. Tras unos minutos de intensa conversación consiguieron por fin tenerlo todo claro, y Digory explicó el detestable comportamiento del tío Andrew.

—¿Qué hacemos ahora? —quiso saber Polly—. ¿Agarrar el conejillo de Indias y volver a casa?

—No hay prisa —respondió él, con un enorme bostezo.

—Creo que sí la hay —indicó ella—. Este lugar es demasiado silencioso. Resulta tan... tan maravilloso. Estás casi dormido. Si nos dejamos dominar por él nos acostaremos y dormitaremos eternamente.

—Se está muy bien aquí —repuso Digory.

—Sí, ya lo creo —asintió ella—, pero tenemos que regresar.

Se puso en pie y empezó a avanzar con cautela en dirección al conejillo de Indias, pero entonces cambió de idea.

—Podríamos dejar al conejillo aquí —dijo—. Es feliz en este sitio, y tu tío sin duda haría algo horrendo con él si lo lleváramos de vuelta.

—Apuesto a que sí —respondió Digory—. Mira cómo nos ha tratado a nosotros. Por cierto, ¿cómo regresaremos a casa?

—Volviéndonos a meter en el estanque, supongo.

Fueron hacia él y permanecieron de pie junto al borde, contemplando la lisa superficie del agua. La cubría el reflejo de las verdes y frondosas ramas, que hacían que pareciera tener una gran profundidad.

—No tenemos traje de baño —observó Polly.

—No lo necesitaremos, boba —dijo Digory—. Vamos a meternos con la ropa puesta. ¿Acaso no recuerdas que al ascender no nos mojamos?

—¿Sabes nadar?

—Un poco. ¿Y tú?

—Bueno, no mucho.

—No creo que tengamos que nadar —indicó Digory—. Queremos ir hacia «abajo», ¿no es cierto?

A ninguno de los dos le gustaba demasiado la idea de saltar al interior del estanque, pero ninguno se lo mencionó al otro. Se tomaron de la mano y dijeron: «Uno... dos... y tres... ¡Ya!» y saltaron. Hubo un gran chapoteo y desde luego cerraron los ojos; pero cuando los abrieron de nuevo descubrieron que seguían estando allí, con las manos entrelazadas, en medio del frondoso bosque y con el agua a la altura de los tobillos. Al parecer el estanque apenas tenía unos centímetros de profundidad. Chapotearon de vuelta a tierra firme.

—¿Qué diablos ha salido mal? —inquirió Polly con voz asustada; pero no tan atemorizada como cabría esperar, porque resultaba difícil sentirse realmente asustado en aquel bosque. El lugar era demasiado tranquilo.

—Ya sé —dijo Digory—. Claro que no funciona. Todavía llevamos puestos los anillos amarillos, y son para el viaje de ida, ya sabes. Son los verdes los que te devuelven a casa. Debemos cambiar de anillos. ¿Tienes bolsillos? Estupendo. Guarda tu amarillo en el de la izquierda. Yo tengo dos de color verde; toma, aquí tienes uno.

Se pusieron los anillos y regresaron al estanque. Sin embargo, antes de que intentaran otro salto Digory lanzó un prolongado «¡Oooooh!».

—¿Qué sucede? —quiso saber Polly.

—Acabo de tener una idea realmente maravillosa. ¿Qué son todos los otros estanques?

—¿Qué quieres decir?

—Pues que si podemos regresar a nuestro propio mundo saltando al interior de este estanque, ¿no podríamos ir a parar a algún otro sitio si saltamos dentro de uno de los otros? Supongamos que existe un mundo en el fondo de cada estanque.

—Pero creía que ya nos encontrábamos en el Otro Mundo u Otro Lugar o comoquiera que él lo llame, al que se refería tu tío. No dijiste que...

—¡Bah!, al cuerno con el tío Andrew —interrumpió Digory—. No creo que sepa nada sobre él, porque jamás tuvo el coraje de venir aquí él mismo. Sólo hablaba de «un» Otro Mundo, pero supongamos que existieran docenas...

—¿Te refieres a que este bosque podría ser únicamente uno de ellos?

—No, ni siquiera creo que este bosque sea un mundo. Me parece que es una especie de lugar intermedio.

Polly mostró una expresión perpleja.

—¿No te das cuenta? —inquirió Digory—. No, escucha. Piensa en nuestro túnel por debajo de las tejas. No puede considerarse una habitación de alguna casa. En cierto modo, no forma parte de ninguna de ellas, pero una vez que estás en el túnel puedes seguirlo y entrar en cualquiera de las casas de la fila. ¿No podría ocurrir lo mismo con este bosque? Es un lugar que no se encuentra en ninguno de los mundos, pero que permite entrar en todos ellos.

—Bueno, incluso aunque puedas... —empezó a decir Polly, pero Digory siguió hablando como si no la hubiera oído.

—Y desde luego eso lo explica todo —dijo—. Por eso aquí está todo tan tranquilo y soñoliento. Aquí no sucede nunca nada. Igual que en nuestro hogar, es en las casas donde la gente habla, actúa y come. En los lugares intermedios no pasa nada; ni detrás de las paredes, ni encima de los techos ni debajo de los suelos, ¡ni en nuestro túnel! Pero cuando sales del túnel puedes encontrarte en «cualquier» casa. ¡Creo que podemos salir de este lugar e ir a parar a cualquier otro sitio! No es necesario que saltemos de nuevo al interior del mismo estanque por el que vinimos, o al menos todavía no.

—El Bosque entre los Mundos —observó Polly como en sueños—; suena muy bien.

—Vamos —le instó Digory—, ¿qué estanque probamos?

—Mira —dijo ella—, no pienso probar ningún estanque nuevo hasta que no nos hayamos asegurado de que podemos regresar por el viejo. Ni siquiera estamos seguros aún de que vaya a funcionar.

—Sí —repuso él—, ¡y que el tío Andrew nos atrape y nos quite los anillos antes de que hayamos podido divertirnos! No, gracias.

—¿No podríamos descender simplemente una parte del trayecto por nuestro estanque? —sugirió Polly—. Sólo para comprobar si funciona. Entonces si lo hace, nos cambiamos los anillos y subimos otra vez antes de que estemos de vuelta en el estudio del señor Ketterley.

—¿Podemos descender una parte del camino?

—Bueno, se tardaba un poco en subir. Supongo que harán falta unos segundos para regresar.

Digory hizo unos cuantos aspavientos al respecto, pero finalmente tuvo que acceder a la idea porque Polly se negó en redondo a explorar ningún mundo nuevo hasta que se hubieran asegurado de poder regresar al antiguo. Era una niña casi tan valiente como él acerca de algunos peligros (como las avispas, por ejemplo), pero no estaba tan interesada en descubrir cosas de las que nadie había oído hablar antes; en cambio Digory era la clase de persona que quiere saberlo todo, y cuando creció se convirtió en el famoso profesor Kirke que aparece en otros libros.

Tras discutirlo mucho, acordaron ponerse los anillos verdes («Verde símbolo de seguridad —dijo Digory—, así no olvidaremos cuál es cuál»), tomarse de la mano y saltar. No obstante, en cuanto pareciera que estaban a punto de regresar al estudio del tío Andrew, o incluso a su propio mundo, Polly debía gritar, «Cambio». Entonces se quitarían los anillos verdes y se pondrían los de color amarillo. Digory quería ser quien gritara «Cambio», pero Polly se negó a aceptarlo.

Se pusieron los anillos verdes, entrelazaron las manos, y de nuevo gritaron: «Uno... dos... y tres... ¡Ya!». Esa vez funcionó, aunque resulta muy difícil explicar qué sensación producía, pues todo sucedió en un abrir y cerrar de ojos. Al principio hubo luces brillantes que se movían en un cielo negro; Digory sigue pensando que eran estrellas e incluso jura que vio a Júpiter muy de cerca; lo bastante cerca como para ver su luna. Pero casi al mismo tiempo aparecieron hileras e hileras de tejados y cañones de chimeneas a su alrededor, y distinguieron la catedral de San Pablo y supieron que contemplaban Londres. Sólo que uno podía ver a través de las paredes de todas las casas. Entonces vieron al tío Andrew, de un modo muy vago y nebuloso, pero volviéndose cada vez más nítido y sólido, igual que si estuviera materializándose; pero antes de que se tornara completamente real Polly gritó «Cambio» y efectuaron el cambio, y nuestro mundo se desvaneció como un sueño, y la luz verde de lo alto adquirió más y más fuerza, hasta que por fin sus cabezas surgieron del estanque y los dos gatearon hasta la orilla. Y allí estaba el bosque rodeándolos, tan verde, luminoso y silencioso como siempre. Todo aquello había tenido lugar en menos de un minuto.

—¡Ya está! —dijo Digory—. Funciona. Ahora corramos nuestra aventura. Cualquier estanque servirá. Ven, probemos ése.

—¡Detente! —ordenó Polly—. ¿No vamos a marcar «este» estanque?

Se miraron fijamente y palidecieron al comprender el espantoso error que Digory había estado a punto de cometer; pues había varios estanques en el bosque, y los estanques eran todos iguales y también los árboles eran idénticos, de modo que si hubieran dejado atrás aquel que conducía a nuestro propio mundo sin efectuar alguna especie de marca, las posibilidades de volver a encontrarlo habrían sido casi nulas.

A Digory le temblaba la mano cuando abrió su cortaplumas y con su ayuda extrajo una larga tira de hierba de la orilla del estanque. La tierra, que olía de un modo muy agradable, era de un intenso marrón rojizo y destacaba perfectamente entre el verde.

—¡Menos mal que por lo menos uno de nosotros tiene un poco de sentido común! —observó Polly.

—Bueno, ahora no te pases todo el tiempo presumiendo —replicó él—. Vamos, quiero ver qué hay en otro estanque.

Y Polly le dedicó una respuesta bastante mordaz y él le respondió algo aún más desagradable. La riña duró varios minutos pero resultaría tedioso reflejarla por escrito, de modo que pasemos al momento en que se encontraron, con el corazón palpitante y el rostro asustado, ante el borde del estanque desconocido con los anillos amarillos puestos y las manos entrelazadas y volvieron a decir: «Uno... dos... y tres... ¡Ya!».

¡Chaff! De nuevo no había funcionado. Aquel estanque parecía no ser más que eso, un estanque, pues en lugar de llegar a un mundo nuevo sólo consiguieron mojarse los pies y salpicarse las piernas por segunda vez aquella mañana; si es que se trataba de una mañana, pues en el Bosque entre los Mundos siempre parece que sea la misma hora.

—¡Caray! —exclamó Digory—. Y ¿qué ha salido mal ahora? Llevamos puestos los anillos amarillos. Dijo que el amarillo era para el viaje de ida.

Lo cierto era que el tío Andrew, que no sabía nada del Bosque entre los Mundos, tenía una idea bastante equivocada respecto a los anillos. Los de color amarillo no eran anillos «de ida» y los verdes no eran anillos «de regreso a casa»; al menos, no tal como él lo pensaba, aunque la sustancia de la que estaban hechos ambos anillos había salido del bosque. La sustancia de los anillos amarillos poseía el poder de atraerte al bosque; era una materia que quería regresar al lugar al que pertenecía, el lugar intermedio. Sin embargo la sustancia de los anillos verdes intentaba abandonar el lugar al que pertenecía: de modo que un anillo verde te sacaría del bosque y te conduciría a un mundo. El tío Andrew, por lo visto, trataba con cosas que en realidad no comprendía; muchos magos lo hacen. Ni siquiera Digory comprendió la verdad con tanta claridad o, al menos, no hasta más adelante. Pero una vez que lo hubieron discutido, decidieron probar los anillos verdes en el estanque nuevo, sólo para ver qué sucedía.

—Si tú te atreves, yo también —dijo Polly.

En realidad lo dijo porque, en lo más recóndito de su corazón, estaba segura de que ninguna clase de anillo funcionaría en el nuevo estanque, y por lo tanto no había nada que temer salvo otro chapoteo en el agua. Me huele que Digory tenía la misma sensación. En cualquier caso, tras ponerse los anillos verdes y regresar al borde del agua, volvieron a entrelazar las manos y se sintieron sin lugar a dudas mucho más animados y menos preocupados que la primera vez.

—Uno... dos... y tres... ¡Ya! —exclamó Digory.

Y saltaron.

CAPÍTULO 4

La campana y el martillo

No hubo duda respecto a la magia en esa ocasión. Cayeron y cayeron como una exhalación, primero a través de oscuridad y luego por entre una masa de formas vagas y arremolinadas que podrían haber sido casi cualquier cosa. Clareó un poco, y entonces, de repente, notaron que estaban de pie sobre algo sólido. Al cabo de un instante todo adquirió nitidez y pudieron mirar a su alrededor.

—¡Qué lugar más original! —dijo Digory.

—No me gusta —indicó Polly, con algo parecido a un estremecimiento.

Lo primero que les llamó la atención fue la luz. No se parecía a la luz del sol, ni podía compararse con la luz eléctrica, las lámparas, las velas, ni cualquier otra clase de luz que conocieran. Era una luz apagada y más bien rojiza, en absoluto alegre, y además era estable, sin parpadeos. Estaban de pie sobre una superficie plana pavimentada y a su alrededor se alzaban varios edificios. No había techo; se hallaban en una especie de patio. El cielo era extraordinariamente oscuro, de un tono entre azul y negro. Después de haber visto aquel cielo uno se preguntaba cómo podía existir la luz en ese lugar.

—Hace un tiempo muy curioso —comentó Digory—. Me pregunto si no habremos llegado justo en el momento de presenciar una tormenta; o un eclipse.

—No me gusta —repitió Polly.

Los dos, sin saber muy bien por qué, hablaban en susurros, y a pesar de que no existía un motivo por el que debieran seguir con las manos entrelazadas tras su salto, no se soltaron.

Las paredes se alzaban muy altas alrededor de todo aquel patio, y tenían enormes ventanas, ventanas sin cristales, a través de las cuales no se veía otra cosa que negra oscuridad. Más abajo había enormes arcos sostenidos por pilares, que se abrían negros como las bocas de los túneles del ferrocarril. Hacía bastante frío.

La piedra en la que estaba construido todo parecía roja, pero el efecto podía deberse meramente a la curiosa luz. Resultaba evidente que el lugar era muy antiguo. Muchas de las losas pla-

nas que cubrían el patio estaban agrietadas; ninguna encajaba bien y las puntiagudas esquinas
estaban desgastadas. Una de las entradas en forma de arco estaba medio tapada por escombros.

Los dos niños no hacían más que girar y girar para contemplar los distintos extremos del patio, y uno de los motivos que tenían para hacer eso era que temían que alguien —o algo— los mirara desde aquellas ventanas cuando estuvieran de espaldas.

—¿Crees que aquí vive alguien? —preguntó Digory por fin, todavía en un susurro.

—No —respondió Polly—. Está todo en ruinas, y no hemos oído ni un ruido desde que llegamos.

—Quedémonos muy quietos y escuchemos durante un rato —sugirió él.

Permanecieron inmóviles y aguzaron el oído, pero todo lo que oyeron fue el sordo golpeteo de sus corazones. Aquel lugar estaba al menos tan silencioso como el Bosque entre los Mundos; pero se trataba de una quietud distinta. El silencio del bosque había sido plácido y cálido —casi se podía sentir cómo crecían los árboles—, y lleno de vida; aquél era un silencio sin vida, frío y vacío. Era inimaginable que creciera algo en él.

—Vámonos a casa —propuso Polly.

—Pero no hemos visto nada aún —protestó Digory—. Ahora que estamos aquí, sencillamente debemos echar un vistazo.

—Estoy segura de que no hay nada interesante en este lugar.

—De poco sirve encontrar un anillo mágico que

te permite entrar en otros mundos si tienes miedo de echarles un vistazo cuando has llegado a ellos.

—¿Quién habla de tener miedo? —dijo Polly, soltando la mano de su compañero.

—Bueno, no pareces muy entusiasmada con la idea de explorar este sitio.

—Iré a donde tú vayas.

—Podemos marcharnos en cuanto queramos —dijo Digory—. Será mejor que nos saquemos los anillos verdes y los guardemos en el bolsillo derecho. Todo lo que tenemos que hacer es recordar que los amarillos se encuentran en los bolsillos de la izquierda. Puedes mantener la mano tan cerca del bolsillo como quieras, pero no la metas o tocarías el anillo amarillo y desaparecerías.

Así lo hicieron y se acercaron sin hacer ruido a una de las enormes entradas en forma de arco que conducían al interior del edificio. Cuando se hallaron en el umbral y pudieron mirar al interior, descubrieron que dentro no estaba tan oscuro como habían pensado en un principio. La entrada llevaba a un inmenso y tenebroso vestíbulo que parecía vacío; pero en el otro extremo había una hilera de columnas con arcos entre ellas y a través de aquellos arcos penetraba un poco más de la misma luz cansina. Atravesaron el vestíbulo, andando con sumo cuidado por temor a que hubiera agujeros en el suelo o cualquier cosa caída con la que pudieran tropezar. Les pareció una caminata muy larga. Cuando llegaron al otro lado salieron por las arcadas y se encontraron en otro patio aún más grande.

—Eso no parece muy seguro —dijo Polly, indicando un punto donde la pared se curvaba hacia fuera y daba la impresión de estar a punto de caer al patio.

En una zona faltaba parte de un pilar entre dos arcos y el pedazo de piedra que descendía hasta donde debería haber estado la columna colgaba allí, sin nada que lo sostuviera. Evidentemente, el lugar había estado abandonado durante cientos, tal vez miles, de años.

—Si ha aguantado hasta ahora, supongo que aguantara un poco más —indicó Digory—. Pero debemos ser muy silenciosos. Ya sabes que un ruido a menudo hace que las cosas se derrumben; como un alud en los Alpes.

Salieron del patio, atravesando otro portal, ascendieron una gran escalinata y recorrieron salas inmensas que se sucedían hasta conseguir que uno se sintiera mareado por el impresionante tamaño del lugar. De vez en cuando les parecía que iban a salir al exterior y ver qué clase de terreno rodeaba el enorme palacio; pero en cada una de

esas ocasiones sólo iban a parar a un nuevo patio.
Sin duda tenían que haber sido unas estancias
magníficas en la época en que la gente vivía en
ellas. En uno de los patios había existido una
fuente. Un gran monstruo de piedra de alas extendidas se alzaba con la boca abierta y aún se
podía ver un pedazo de tubería que sobresalía de
ella, por el que el agua había brotado en el pasado. Debajo de la figura había una amplia pila
de piedra para contener el agua; pero estaba tan
seca como un hueso. En otros lugares se veían los
tallos secos de alguna especie de planta trepadora
que se había enroscado a las columnas y ayudado
a derribar algunas de ellas. Aquella planta también había muerto hacía mucho tiempo, y no
había ni hormigas ni arañas ni tampoco los seres
vivos que uno espera encontrar en las ruinas; y en
los puntos en los que la tierra reseca aparecía por
entre las losas rotas no había ni hierba ni musgo.

Resultaba todo tan deprimente y tan idéntico
que incluso Digory pensaba en que lo mejor sería
que se pusieran los anillos amarillos y regresaran
al cálido y verde bosque vivo del Lugar Intermedio, cuando llegaron ante dos enormes puertas de
un metal que posiblemente podría ser oro. Una se
encontraba algo entreabierta; así que, claro está,
fueron a echar un vistazo. Ambos dieron un salto

y aspiraron profundamente: allí por fin había algo digno de contemplar.

Por un segundo pensaron que la habitación estaba llena de gente; cientos de personas, todas sentadas y totalmente inmóviles. Polly y Digory, como puedes imaginar, permanecieron también completamente quietos durante un buen rato, mirando el interior. Finalmente decidieron que lo que veían no podía ser gente real. Ni una sola se movía; tampoco se oía el sonido de una sola respiración. Eran como las figuras de cera más maravillosas que uno hubiera visto jamás.

En esa ocasión fue Polly quién tomó la iniciativa. Había algo en aquella habitación que le interesaba más que a Digory: todas las figuras lucían vestidos magníficos. Si a uno le gustaban los vestidos, no podía evitar entrar para verlos más de cerca. Además el resplandor de sus colores hacía que la habitación pareciera, no exactamente alegre, pero al menos señorial y majestuosa después de todo el polvo y la desolación de las otras. Y, tenía más ventanas y mucha más luz.

Apenas puedo describir sus ropas. Todas las figuras llevaban regias vestiduras y coronas en la cabeza. Las prendas eran de color carmesí, de color gris plateado, de un púrpura intenso y también de un verde brillante, y lucían estampados y dibujos de flores y animales desconocidos, bordados por todas partes. Piedras preciosas de sorprendente tamaño y luminosidad observaban fijamente desde las coronas, colgaban en cadenas alrededor de sus cuellos y atisbaban desde todos aquellos lugares en los que había algo abrochado.

—¿Por qué no se han podrido todas estas prendas? ¡Con el tiempo que deben de llevar aquí! —inquirió Polly.

—Magia —musitó Digory—. ¿No la percibes? Apuesto a que toda la habitación está atiborrada de hechizos. Me di cuenta en cuanto entramos.

—Cualquiera de estos vestidos valdría cientos de libras esterlinas —dijo ella.

Pero Digory estaba más interesado en los rostros, y desde luego eran todos dignos de ser contemplados. Las figuras estaban sentadas en sus tronos de piedra bordeando la habitación y el suelo quedaba libre en la parte central, de modo que se podía recorrer la sala de un extremo a otro e ir contemplando los rostros de uno en uno.

—Parecen buena gente —declaró el niño.

Polly asintió. Todos los rostros que veían eran tranquilizadores. Tanto hombres como mujeres parecían bondadosos y sensatos, y daban la impresión de provenir de una raza hermosa. No obstante, después de avanzar unos pasos más por la habitación, los niños se encontraron con rostros que tenían un aspecto algo distinto. Se trataba de caras muy solemnes. Si se tropezase uno con personas vivas que tuvieran aquella expresión, debería tener cuidado de no meter la pata. Tras avanzar un poco más, se encontraron entre caras que no les gustaron: esto sucedió más o menos en la parte central de la habitación. Los rostros de aquella zona tenían un aspecto muy enérgico y también orgulloso y feliz, pero parecían gente cruel; un poco más adelante parecían más crueles todavía. Más allá seguían siendo crueles pero ya no parecían felices. Eran incluso rostros desesperados: como si la gente a la que pertenecían hubiera hecho cosas espantosas y también padecido cosas horribles. La última de todas las figuras era la más interesante; era una mujer vestida con más suntuosidad aún que los demás, muy alta —aunque todas las figuras de aquella habitación eran más altas que la gente de nuestro mundo—, con una expresión tal de ferocidad y orgullo que lo dejaba a uno sin respiración. Sin embargo, al mismo tiempo era hermosa. Años después, cuando era un anciano, Digory decía que jamás en la vida había conocido a una mujer tan bella. De todos modos es justo decir también que Polly siempre declaró que no pudo ver nada especialmente hermoso en ella.

Esa mujer, como decía, era la última figura: pero quedaba un gran número de sillas vacías después de ella, como si la habitación hubiera estado pensada para una colección mucho mayor de imágenes.

—¡Me encantaría conocer la historia que hay detrás de todo esto! —dijo Digory—. Retrocedamos y echemos un vistazo a esa especie de mesa que hay en el centro de la habitación.

Lo que había en el centro de la habitación no era exactamente una mesa. Era una columna cuadrada de un metro veinte de altura, aproximadamente, y sobre ella se alzaba un pequeño arco dorado del que colgaba una campanilla dorada; y junto a ésta descansaba un martillo también dorado, con el cual se golpeaba la campana.

—Me pregunto... me pregunto... me pregunto —empezó a decir Digory.

—Mira, parece que hay algo escrito —indicó Polly, inclinándose para observar el lateral de la columna.

—¡Caramba! Parece que sí —confirmó él—; pero naturalmente no podremos leerlo.

—¿No podremos? No estoy tan segura.

Ambos miraron con atención y, tal como era de esperar, las letras talladas en la piedra eran desconocidas. Pero entonces tuvo lugar un gran prodigio: pues a medida que miraban, a pesar de que la forma de las extrañas letras no cambió en ningún momento, descubrieron que las entendían. Si Digory hubiera recordado lo que él mismo había dicho apenas unos minutos antes, acerca de que la sala estaba encantada, habría podido adivinar que el hechizo empezaba a actuar; pero la curiosidad lo embargaba de tal modo que no podía pensar en eso. Cada vez ansiaba más averiguar lo que estaba escrito en la columna y, por suerte, no tardaron en saberlo. Lo que decía era algo parecido a esto; al menos éste es el significado del texto, aunque la poesía en la lengua original era mejor:

Haz tu elección, aventurero desconocido;
golpea la campana y aguarda el peligro,
o pregúntate hasta enloquecer,
qué habría sucedido si lo llegas a hacer.

—¡Ni hablar! —exclamó Polly—. No queremos correr peligros de ninguna clase.

—Pero ¿no te das cuenta de que no sirve de nada? —dijo Digory—. Ahora no podemos escapar. Nos pasaremos la vida preguntándonos qué habría sucedido si hubiéramos golpeado la campana. No pienso regresar a casa para luego volverme loco pensando en eso. ¡Ni hablar!

—No seas bobo —repuso Polly—. ¡Cómo si eso fuera a pasarle a alguien! ¿Qué importa lo que habría sucedido?

—Supongo que cualquiera que haya llegado tan lejos se verá obligado a hacerse preguntas continuamente hasta acabar chiflado. Ésa es la magia que posee, ¿comprendes? Ya noto cómo empieza a hacerme efecto.

—Bueno, pues yo no —indicó Polly, malhumorada—. Y dudo mucho que tú lo notes. ¡Estás fingiendo!

—Eso es lo que dices tú —dijo Digory—. ¡No lo entiendes porque eres una chica! Las chicas nunca quieren saber nada que no sean habladurías y tonterías sobre bodas de blanco...

—¡Has puesto la misma expresión que tu tío! —le increpó Polly.

—¿Por qué te vas siempre por las ramas? De lo que estamos hablando es...

—¡Típico de hombres! —exclamó ella con una voz muy adulta; pero se apresuró a añadir, con su tono de siempre—: Y no digas que eso es típico de mujeres, o serás un copión asqueroso.

—Jamás se me ocurriría llamar mujer a una niña como tú —respondió Digory con altivez.

—Ah, así que soy una niña, ¿no es eso? —dijo Polly, que estaba furiosa de verdad—. Bien, pues no tendrás que preocuparte más por tener a una niña a tu lado. Me voy. Estoy harta de este lugar. Y también estoy harta de ti..., ¡cerdo repugnante, presumido y testarudo!

—¡Nada de eso! —exclamó Digory en un tono de voz mucho más desagradable de lo que era su intención; pues vio que la mano de Polly se dirigía hacia su bolsillo para tomar el anillo amarillo.

No puedo disculpar lo que hizo a continuación si no es diciendo que lo lamentó muchísimo después, y también lo lamentaron muchas otras personas. Antes de que la mano de la niña llegara al bolsillo, le sujetó con fuerza la muñeca, inclinando su espalda contra el pecho de su amiga. Luego, manteniendo la otra mano de Polly apartada con el codo, se inclinó hacia delante, levantó el martillo y asestó a la campana dorada un ligero y rápido golpecito. Hecho eso soltó a la niña y ambos se separaron mirándose fijamente el uno al otro y con la respiración entrecortada. Polly empezó a llorar, no de miedo ni tampoco debido a que él le hubiera hecho daño en la muñeca, sino presa de una gran cólera. Sin embargo, en cuestión de dos segundos, los dos tuvieron algo en lo que pensar que les hizo olvidar totalmente su pelea.

En cuanto recibió el golpe, la campana emitió una nota, una nota melodiosa tal como se habría esperado de ella, y no muy fuerte. No obstante, en lugar de apagarse de nuevo, la nota siguió sonando; y a medida que sonaba fue subiendo de volumen. Antes de transcurrido un minuto sonaba ya el doble de alto de lo que lo había hecho al principio, y muy pronto fue tan potente que si los niños hubieran intentado hablar —aunque no pensaban en hablar en aquellos momentos; se limitaban a permanecer allí de pie boquiabiertos— no se habrían oído el uno al otro. Muy pronto fue tan fuerte que ni siquiera gritando se habrían oído mutuamente. Y el sonido siguió aumentando: siempre basado en una nota, un melodioso sonido ininterrumpido, aunque había algo inquietante en su dulzura, hasta que toda la atmósfera de aquella enorme habitación vibró con él y notaron cómo el suelo de piedra temblaba bajo sus pies. Luego, por fin, empezó a mezclarse con otro sonido, vago y catastrófico, que al principio recordó al rugir de un tren lejano y luego al estampido de un árbol al desplomarse. Oyeron algo parecido a grandes pesos que caían. Finalmente, con una repentina ráfaga de aire y un retumbo, y una sacudida que

casi los derribó al suelo, más o menos una cuarta
parte del techo situado en un extremo de la habitación se vino abajo, enormes bloques de mampostería cayeron alrededor de los niños, y las
paredes se bambolearon. El sonido de la campana
se apagó. Las nubes de polvo se disolvieron. Todo
volvió a quedar muy silencioso.

Jamás se descubrió si la caída del techo fue parte
de la magia o si aquel insoportable y fuerte sonido
procedente de la campana había emitido por casualidad una nota que era más de lo que las medio
desmoronadas paredes podían soportar.

—¡Ya está! Espero que estés satisfecho —jadeó
Polly.

—Bueno, al menos se ha acabado.

Y los dos pensaron que así era; pero jamás habían estado tan equivocados.

CAPÍTULO 5

La Palabra Deplorable

Los niños estaban frente a frente, uno a cada lado del pilar en el que colgaba la campana, temblorosa aún, aunque ya no emitía ninguna nota. De improviso escucharon un ruido quedo procedente del extremo de la habitación que seguía intacto, y se volvieron veloces como el rayo para averiguar qué era. Una de las figuras de largas vestiduras, la más alejada, la mujer que Digory consideraba tan hermosa, se alzaba en aquellos momentos de su asiento. Una vez en pie, los niños se dieron cuenta de que era aún más alta de lo que habían pensado. Y podía verse al instante, no sólo por su corona y ropajes, sino por el centelleo de los ojos y la curva de los labios, que era una gran reina. La mujer paseó la mirada por la habitación y vio los destrozos y también a los niños, pero su rostro no dejaba adivinar qué pensaba de ninguna

de las dos cosas, ni si se sentía sorprendida. Se adelantó con zancadas largas y veloces.

—¿Quién me ha despertado? ¿Quién ha roto el hechizo? —preguntó.

—Creo que he sido yo —respondió Digory.

—¡Tú! —exclamó la reina, posando la mano en el hombro del niño; era una mano blanca y hermosa, pero Digory también notó que era fuerte como unas tenazas de acero—. ¿Tú? Pero si no eres más que un niño, un niño vulgar. Cualquiera puede darse cuenta a primera vista de que no posees ni una gota de sangre real o noble en tus venas. ¿Cómo se ha atrevido alguien como tú a entrar en esta casa?

—Hemos venido de otro mundo; mediante la magia —dijo Polly, que pensó que ya era hora de que la reina le prestara un poco de atención a ella además de a Digory.

—¿Es eso cierto? —inquirió la mujer, sin dejar de mirar al niño y sin dedicar ni una mirada a Polly.

—Sí —respondió él.

La reina puso la otra mano bajo la barbilla del niño y tiró hacia arriba de ella para poder contemplar mejor su rostro. Digory intentó sostenerle la mirada pero no tardó en bajar la vista. Había algo en los ojos de la mujer que lo intimidaba. Tras estudiarlo durante más de un minuto, la dama le soltó la barbilla y declaró:

—No eres mago. No tienes la marca. Debes de ser sólo el sirviente de un mago. Para viajar hasta aquí te has servido de la magia de otro.

—La de mi tío Andrew —dijo Digory.

En aquel momento, no en la habitación misma pero procedente de un lugar muy próximo, se escuchó, primero un retumbo, luego un crujido y por fin el estruendo de la mampostería al caer; a continuación el suelo tembló.

—Este lugar es muy peligroso —indicó la reina—. Todo el palacio se está haciendo pedazos. Si no salimos de él en unos minutos quedaremos enterrados bajo las ruinas. —Lo dijo con la tranquilidad de quien pregunta qué hora es—. Vamos —añadió, y tendió una mano a cada niño.

Polly, a quien la mujer no le inspiraba confianza y se sentía más bien malhumorada, no habría permitido que la tomara de la mano de haber podido evitarlo; pero aunque la mujer hablaba con calma, sus movimientos era tan veloces como el pensamiento. Antes de que la niña supiera qué le sucedía, su mano derecha había quedado atrapada en una mano que superaba tan ampliamente en tamaño y fuerza a la suya que no pudo hacer nada para impedirlo.

«Es una mujer terrible —pensó—. Tiene tanta fuerza que puede romperme el brazo con un movimiento. Y ahora que me sujeta la mano izquierda no puedo alcanzar el anillo amarillo. Si intentara alargar el brazo e introducir la mano derecha en el bolsillo izquierdo me sería imposible alcanzarlo antes de que ella me preguntara qué hago. Pase lo que pase no debemos permitir que conozca la existencia de los anillos. Realmente espero que Digory tenga el sentido común de mantener la boca cerrada. Ojalá pudiera hablar con él a solas.»

La reina los condujo fuera de la Galería de las Imágenes a un largo pasillo y luego a través de todo un laberinto de vestíbulos, escaleras y patios. Una y otra vez oían cómo se desplomaban

partes del enorme palacio, a veces muy cerca de ellos. En una ocasión un arco enorme se precipitó con un gran estruendo al suelo apenas unos instantes después de que ellos lo hubieran cruzado. La mujer andaba rápido —los niños se veían obligados a trotar para mantenerse a su altura— pero no mostraba ningún temor. Digory pensaba: «Es tan increíblemente valiente. Y fuerte. ¡Es lo que yo llamo una reina! Deseo con todas mis fuerzas que nos cuente la historia de este lugar».

En realidad sí que les contó algunas cosas mientras avanzaban:

«Ésa es la puerta de las mazmorras», les decía, por ejemplo, o «Aquel pasillo conduce a las principales cámaras de tortura», o «Ésta es la vieja sala de banquetes donde mi bisabuelo invitó a setecientos nobles a un festín y los mató a todos antes de que hubieran tenido tiempo de beber hasta hartarse, porque habían pensado en rebelarse».

Llegaron por fin a un vestíbulo mucho más grande y soberbio que ninguno de los otros que ya habían visto. A juzgar por su tamaño y las enormes puertas situadas al otro extremo, Digory se dijo que debían de estar llegando por fin a la entrada principal. En eso no se equivocaba. Las puertas eran de un negro opaco que podía ser madera de ébano o de algún metal negro que no se encontra-

ba en nuestro mundo. Estaban atrancadas mediante grandes barras, la mayoría de ellas situadas a
demasiada altura para poder alcanzarlas y todas
excesivamente pesadas para conseguir alzarlas. El
niño se preguntó cómo saldrían.

La reina le soltó la mano y alzó el brazo, y a continuación se irguió todo lo que pudo y se quedó
muy tiesa. Luego dijo algo que no entendieron,
pero que sonó horrible, e hizo un movimiento

como si lanzara algo en dirección a las puertas. Y aquellas puertas enormes y pesadas temblaron durante un segundo como si estuvieran hechas de seda y luego se desintegraron hasta que no quedó de ellas más que un montón de polvo en el umbral.

—¡Vaya! —exclamó Digory.

—¿Tiene tu señor mago, tu tío, poder como el mío? —preguntó la reina, volviendo a agarrar con firmeza la mano del niño—. Ya lo averiguaré más tarde. Entretanto, recordad lo que habéis visto. Esto es lo que les sucede a las cosas y a las personas que se convierten en un obstáculo en mi camino.

Por el umbral ahora despejado penetraba mucha más luz de la que habían visto hasta el momento en aquel país y, cuando la mujer los condujo al exterior a través de él, no los sorprendió encontrarse al aire libre. El viento que soplaba sobre sus rostros era frío, pero a la vez un poco viciado. Observaban desde una terraza elevada, y a sus pies se extendía un amplio panorama.

Muy bajo y cerca de la línea del horizonte flotaba un enorme sol rojo, mucho mayor que el nuestro. Digory tuvo inmediatamente la impresión de que también era mucho más viejo: un sol que se hallaba cerca del final de su existencia, cansado de contemplar aquel mundo. A la izquierda del sol, y algo más alta, había una única estrella, grande y luminosa. Aquéllas eran las únicas dos cosas que se podían ver en el oscuro firmamento; formaban un grupo deprimente. Y en tierra, en todas direcciones hasta donde alcanzaba la vista, se extendía una ciudad inmensa en la que no se veía ni un ser vivo. Y todos los templos, torres, palacios, pirámides y puentes proyectaban largas sombras de aspecto desastroso a la luz de aquel sol marchito. En el pasado un gran río había discurrido a través de la ciudad, pero el agua había desaparecido hacía ya mucho tiempo, y en aquellos momentos no quedaba otra cosa que una amplia zanja de polvo gris.

—Contemplad bien lo que ningún ojo volverá a ver nunca jamás —anunció la reina—. Esto era Charn, la gran ciudad, la ciudad del Gran Rey, el asombro del mundo, tal vez de todos los mundos. ¿Gobierna tu tío una ciudad tan grande como ésta, muchacho?

—No —respondió Digory.

Estaba a punto de explicar que el tío Andrew no gobernaba ninguna ciudad, pero ella siguió diciendo:

—Ahora está en silencio. Sin embargo, yo he estado aquí cuando el aire estaba lleno de los ruidos de Charn; el sonido de las pisadas, el crujido de las ruedas, el chasquear de los látigos y el gemir de los esclavos, el retumbar de los carruajes, y el golpear de los tambores para los sacrificios de los templos. He estado aquí, pero eso fue cerca del final, cuando el tronar de la batalla emergió de todas las calles y el río de Charn fluyó rojo. —Hizo una pausa y añadió—: En un solo instante una mujer la aniquiló para siempre.

—¿Quién? —inquirió Digory con voz desfallecida; pero ya había adivinado la respuesta.

—Yo —declaró la reina—. Yo, Jadis, la última reina, pero la Reina del Mundo.

Los dos niños permanecieron callados, temblando por el aire helado.

—Fue culpa de mi hermana —siguió ella—. Me empujó a hacerlo. ¡Que la maldición de todos los Poderes caiga sobre ella para siempre! Yo estaba dispuesta a firmar la paz en cualquier momento; sí, y a perdonarle la vida también, si me hubiera entregado el trono. Pero no quiso. Su orgullo ha destruido el mundo entero. Incluso después del inicio de la guerra, se hizo una solemne promesa de que ningún bando utilizaría la magia. Sin embargo, cuando ella rompió su promesa, ¿qué podía hacer yo? ¡Estúpida! ¡Cómo si no supiera que poseía más magia que ella! Incluso sabía que yo tenía el secreto de la Palabra Deplorable. ¿Pensaba acaso, pues siempre fue un ser débil, que no la utilizaría?

—¿Cuál era? —quiso saber Digory.

—Ése era el mayor secreto de todos los secretos —respondió la reina Jadis—. Desde tiempos inmemoriales los grandes reyes de nuestra raza habían sabido que existía una palabra que, si se pronunciaba con el ceremonial adecuado, destruiría a todos los seres vivos excepto al que la pronunciase. Sin embargo, los antiguos reyes eran débiles y blandos y, mediante terribles juramentos, se obligaron a sí mismos y a todos los que les sucedieran a no intentar averiguar jamás cuál era esa palabra. Pero yo la aprendí en un lugar recóndito y pagué un precio altísimo por ella. No la usé hasta que ella me obligó a hacerlo. Intenté derrotarla por todos los demás medios posibles. Vertí la sangre de mis ejércitos como si fuera agua...

—¡Sabandija! —masculló Polly.

—La última gran batalla —prosiguió la mujer— se prolongó encarnizadamente durante tres días aquí, en la misma Charn. Durante tres días contemplé los combates desde este mismo sitio. No utilicé mi poder hasta que no hubo caído el último de mis soldados, y la miserable mujer, mi hermana, a la cabeza de sus rebeldes, había ascendido ya la mitad de esa gran escalinata que conduce desde la ciudad al mirador. Entonces aguardé hasta que estuvimos tan cerca que podíamos vernos las caras. Sus perversos y horribles ojos centellearon sobre mi persona y dijo: «Victoria». «Sí», respondí, «victoria, pero no para ti.» Entonces pronuncié la Palabra Deplorable. Al cabo de un instante yo era el único ser vivo bajo el sol.

—Pero ¿y la gente? —preguntó Digory con voz entrecortada.

—¿Qué gente, muchacho?

—Toda la gente de a pie —dijo Polly— que no le había hecho a usted ningún daño. ¿Y las mujeres, los niños y los animales?

—¿Es qué no lo comprendes? —replicó la reina, que se dirigía siempre a Digory únicamente—. Yo era la reina. Todos eran mis súbditos. ¿Para qué otra cosa servían si no era para cumplir mi voluntad?

—Pues vaya mala suerte que tuvieron —indicó él.

—Había olvidado que no eres más que un muchacho vulgar. ¿Cómo podrías comprender las razones de Estado? Debes aprender, niño, que lo que podría resultar incorrecto para ti o para cualquier persona corriente no lo es para una gran reina como yo. El peso del mundo descansa sobre nuestros hombros, y por lo tanto debemos estar libres de toda regla. El nuestro es un destino sublime y solitario.

Digory recordó de repente que el tío Andrew había usado exactamente las mismas palabras, aunque sonaron mucho más solemnes cuando la reina Jadis las pronunció; tal vez se debiera a que su tío no medía más de dos metros de estatura ni poseía una belleza deslumbrante.

—Y ¿qué hizo usted entonces? —preguntó el niño.

—Con anterioridad ya había lanzado poderosos hechizos en la Galería que ocupan las imágenes de mis antepasados, y aquellos hechizos poseían la facultad de hacer que yo durmiera entre ellos, como si también fuera una imagen, sin necesitar comida ni fuego, aunque transcurrieran mil años, hasta que llegara alguien, golpeara la campana y me despertara.

—¿Fue la Palabra Deplorable la que hizo que el sol se volviera así? —preguntó Digory.

—¿Cómo? —inquirió Jadis.

—Tan grande, tan rojo, y tan frío.

—Siempre ha sido así. Al menos, durante cientos de miles de años. ¿Tenéis un sol distinto en vuestro mundo?

—Sí, es más pequeño y amarillo. Y desprende mucho más calor.

La reina profirió un prolongado «¡Aaaah!», y el niño vio en su rostro aquella misma expresión ansiosa y codiciosa que no hacía mucho había observado en su tío.

—De modo que —dijo la mujer— el vuestro es un mundo más joven.

Calló unos instantes para mirar una vez más la desierta ciudad —y si lamentaba todo el mal que había causado allí, desde luego no lo demostró— y luego dijo:

—Ahora, pongámonos en marcha. Hace frío aquí, en el fin de todas las eras.

—Y ¿adónde vamos a ir? —preguntaron al unísono los dos niños.

—¿Adónde? —repitió Jadis, sorprendida—. Pues a vuestro mundo, desde luego.

Polly y Digory se miraron estupefactos. Polly había sentido antipatía por la reina desde el principio; e incluso Digory, ahora que había oído el relato, sentía que ya había tenido bastante y no quería saber nada más de ella. Desde luego, no era en absoluto la clase de persona que a uno le gustaría llevar a casa, y aunque quisieran hacerlo, tampoco sabían cómo podrían. Lo que deseaban era escapar, pero Polly no podía alcanzar su anillo y, evidentemente, Digory no podía marcharse sin ella. Digory enrojeció profundamente y tartamudeó.

—A... a... nuestro mundo. No sabía que usted quisiera ir allí.

—¿Para qué otra cosa te enviaron si no era para venir a buscarme? —inquirió Jadis.

—Estoy seguro de que no le gustaría nada nuestro mundo —declaró él—. No es la clase de sitio al que está acostumbrada, ¿verdad, Polly? Es muy aburrido; no es digno de ser contemplado, en realidad.

—No tardará en ser digno de ser contemplado cuando yo lo gobierne —respondió la reina.

—Eh..., pero no puede —dijo Digory—. No se hace así. No la dejarían, ¿sabe?

La reina le dedicó una desdeñosa sonrisa.

—Muchos grandes reyes —declaró— creyeron que podían oponerse a la Casa de Charn. Sin embargo, todos fueron vencidos, ¡y hasta sus nombres han caído en el olvido! ¡Niño estúpido! ¿Crees que yo, con mi belleza y mi magia, no podré tener a todo tu mundo a mis pies antes de que haya transcurrido un año? Prepara tus sortilegios y condúceme allí de inmediato.

—Esto es espantoso —dijo Digory a Polly.

—Tal vez temas por ese tío tuyo —comentó Jadis—. Pero si me honra como es debido, conservará la vida y el trono. No voy a ir a combatir contra él. Sin duda es un gran mago, si ha encontrado el modo de enviarte aquí. ¿Es rey de todo tu mundo o sólo de una parte?

—No es rey de ningún sitio —respondió Digory.

—Mientes —replicó ella—. ¿Acaso no va la magia siempre unida a la sangre real? ¿Quién oyó hablar jamás de personas normales y corrientes que fueran magos? Distingo la verdad tanto si la dices como si no. Tu tío es el gran rey y hechicero de tu mundo. Mediante su arte ha obtenido la visión de mi rostro, en algún espejo mágico o estanque encantado; y por amor a mi belleza ha creado un poderoso conjuro que ha estremecido tu mundo hasta sus cimientos y te ha enviado través del inmenso abismo que separa unos mundos y otros para buscar mi favor y conducirme hasta él. Respóndeme: ¿es así como sucedió?

—Pues, no exactamente.

—¿No exactamente? —gritó Polly—. Pero ¡si esto no tiene ni pies ni cabeza! ¡Vaya majadería!

—¡Esbirros! —exclamó la reina, revolviéndose enfurecida contra Polly a la vez que la agarraba del pelo, por la parte de la coronilla, que es donde más duele; pero al hacerlo soltó las manos de ambos niños.

—Ahora —gritó Digory.

—¡Rápido! —chilló Polly.

Hundieron la mano izquierda en el bolsillo, y no necesitaron siquiera ponerse los anillos. En cuanto los tocaron, todo aquel mundo sombrío se esfumó de su vista, y se encontraron ascendiendo a toda velocidad, en dirección a una cálida luz verde que brillaba sobre sus cabezas.

CAPÍTULO 6

El principio de los problemas del tío Andrew

—¡Suelta! ¡Suelta! —aulló Polly.

—¡No te estoy tocando! —protestó Digory.

Entonces sus cabezas salieron del estanque y, de nuevo, la soleada quietud del Bosque entre los Mundos los envolvió, y éste pareció más espléndido y tranquilo que nunca tras la rancidez y las ruinas del lugar que acababan de abandonar. Creo que, de haber tenido la oportunidad, habrían olvidado otra vez quiénes eran y de dónde venían; se habrían acostado en el suelo y habrían disfrutado, medio dormidos, escuchando crecer los árboles. Pero en aquella ocasión hubo algo que los mantuvo más que despiertos, pues en cuanto salieron y se encontraron sobre la hierba, descubrieron que no estaban solos. La reina, o la bruja, como uno prefiera llamarla, había ascendido con ellos, bien sujeta a los cabellos de Polly. Ése era el motivo por el que la niña gritaba «¡Suelta! ¡Suelta!».

Aquello demostró, de paso, otra cosa sobre los anillos que el tío Andrew no le había dicho a Digory porque él tampoco lo sabía. Para poder saltar de mundo en mundo mediante uno de aquellos anillos no era necesario llevarlo puesto ni tocarlo uno mismo; era suficiente si uno tocaba a alguien que lo estuviera tocando. De modo que funcionaban igual que un imán; y todo el mundo sabe que si levantas un alfiler con un imán, cualquier otro alfiler que toque al primero se levantará también.

Ahora que la veían en el bosque, la reina Jadis tenía un aspecto distinto. Estaba mucho más pálida que antes; tan pálida que apenas conservaba su belleza. Además, andaba encorvada y parecía que le costara trabajo respirar, como si el aire de aquel lugar la ahogara. Ninguno de los niños le tuvo el menor miedo entonces.

—¡Suéltame el pelo! —ordenó Polly—. ¿Qué pretendes con eso?

—¡Vamos! Suéltale el pelo. Ahora mismo —instó Digory.

Los dos giraron y forcejearon con la mujer. Eran más fuertes que ella y en unos pocos segundos la obligaron a soltarlos. La reina retrocedió tambaleante, entre jadeos, y en sus ojos había una expresión de terror.

—¡Rápido, Digory! —dijo Polly—. Cambiemos de anillos y entremos en el estanque que lleva a casa.

—¡Socorro! ¡Socorro! ¡Tened compasión! —chilló la bruja con voz débil, yendo tras ellos con pasos vacilantes—. Llevadme con vosotros. No puede ser que queráis abandonarme en este lugar horrible. Me está matando.

—Es una razón de Estado —respondió Polly con rencor—. Igual que cuando mataste a toda esa gente en tu propio mundo. Apresúrate, Digory.

Se habían puesto los anillos verdes, pero el niño dijo:

—¡Caramba! ¿Qué debemos hacer? —No podía evitar sentir lástima por la reina.

—¡No seas tonto! —increpó Polly—. Diez a uno a que sólo está fingiendo. Anda, vamos.

Y a continuación los dos niños se sumergieron en el estanque que conducía a casa. «¡Suerte que hicimos esa marca!», pensó Polly. Mientras saltaban, no obstante, Digory sintió que un dedo largo y frío y un pulgar lo habían sujetado de la oreja, y a medida que se hundían y las formas confusas de nuestro propio mundo empezaban a aparecer, la presión de aquel dedo y aquel pulgar fue creciendo. Al parecer la bruja empezaba a recuperar fuerzas. Digory forcejeó y asestó patadas, pero no le sirvió absolutamente de nada. Al cabo de un instante se encontraron en el estudio del tío Andrew; y allí estaba su tío en persona, contemplando boquiabierto a la maravillosa criatura que Digory había traído desde el más allá.

Y ya lo creo que tenía motivos para mirarla con asombro. Digory y Polly también lo hacían. No existía la menor duda de que la bruja se había recuperado de su desmayo; y ahora que uno la contemplaba en nuestro propio mundo, con objetos corrientes a su alrededor, realmente lo dejaba a uno sin aliento. En Charn había resultado inquietante: en Londres, resultaba aterradora. En primer lugar, no se habían dado cuenta hasta entonces de lo grande que era. «No parece humana», fue lo que pensó el niño al mirarla; y tal vez estaba en lo cierto, pues hay quien dice que hay sangre de gigantes en la familia real de Charn. Pero su estatura no era nada comparada con su belleza, su fiereza y su brutalidad. Parecía diez veces más viva que la mayoría de la gente con la que uno se tropieza en Londres, y el tío Andrew no dejaba de hacer reverencias y de frotarse las manos, con una expresión, la verdad sea dicha, sumamente asustada. Parecía una criatura insig-

nificante al lado de la bruja. Y sin embargo, tal
como Polly dijo después, existía una especie de
parecido entre el rostro de la mujer y el de él, algo
en la mirada. Era la expresión que tienen todos los
magos perversos, la «Marca» que Jadis había
dicho que no encontraba en el rostro de Digory.
Algo bueno que resultó de verlos a los dos juntos fue que Digory ya no sentiría miedo del tío
Andrew jamás, igual que uno tampoco sentiría
miedo de un gusano después de haberse tropeza-
do con una serpiente de cascabel ni le temería a

una vaca después de enfrentarse a un toro enloquecido.

«¡Bah! —pensó Digory—. ¿"Él", un mago? ¡No! ¡"Ella" sí que es genuina!»

El tío Andrew seguía frotándose las manos y haciendo reverencias. Intentaba decir algo muy educado, pero se le había secado la boca de tal modo que no podía hablar. El éxito de su «experimento» con los anillos, como él lo llamaba, se le escapaba de las manos, pues, aunque había mantenido escarceos con la magia durante años, siempre había dejado que todos los peligros, en la medida de lo posible, recayeran en otras personas. Nada parecido a aquello le había sucedido jamás.

Entonces Jadis habló, no muy fuerte, pero había algo en su voz que hizo que toda la habitación se estremeciera.

—¿Dónde está el mago que me ha traído a este mundo?

—Ah... ah... señora —jadeó el tío Andrew—. Me siento muy honrado... sumamente satisfecho... Un muy inesperado placer... Si al menos hubiera tenido tiempo de efectuar algunos preparativos...

—¿Dónde está el mago, estúpido? —insistió Jadis.

—Yo... yo, señora. Espero que disculpe cualquier... eh... libertad que estos traviesos chiquillos

puedan haberse tomado. Le aseguro que no existía la menor intención de...

—¿Tú? —dijo la reina con una voz aún más terrible.

Luego, de una zancada, cruzó la habitación, agarró un buen puñado de los grises cabellos del tío
Andrew y le echó hacia atrás la cabeza de modo
que el rostro del hombre se alzara hacia el de ella. A
continuación estudió su cara del mismo modo que
había estudiado la de Digory en el palacio de Charn.
El anciano pestañeó y se lamió los labios nerviosa-
mente durante todo el escrutinio. Finalmente la
mujer lo soltó, de un modo tan repentino que lo
envió, trastabillando, contra la pared.

—Ya veo —dijo la reina en tono despectivo—, eres un mago... más o menos. Levántate, perro, y no te quedes ahí tumbado como si hablaras con tus iguales. ¿Cómo es que sabes magia? No tienes sangre real, podría jurarlo.

—Bien... ah... tal vez no en el sentido estricto de la palabra —tartamudeó el tío Andrew—. No exactamente real, señora. Los Ketterley son, no obstante, una familia muy antigua. Un antigua familia del condado de Dorset, señora.

—Silencio —dijo la bruja—, ya comprendo lo que eres: un insignificante mago mercachifle, que actúa siguiendo normas y libros; no existe auténtica magia ni en tu sangre ni en tu corazón. En mi mundo acabamos con los de tu clase hace mil años, pero aquí te permitiré que seas mi siervo.

—Me sentiría muy feliz... estaría encantado de ser de utilidad... todo un pla...placer, se lo aseguro.

—¡Silencio! Hablas demasiado. Presta atención a tu primera tarea. Veo que nos encontramos en una ciudad grande, así que consígueme un carruaje o una alfombra voladora o un dragón bien adiestrado, o lo que acostumbre utilizar la gente de la realeza y la nobleza en tu país. Luego llévame a lugares donde pueda conseguir ropas, joyas y esclavos dignos de mi categoría. Mañana iniciaré la conquista de este mundo.

—I...i...iré a pedir un coche de caballos al instante —jadeó el tío Andrew.

—Detente —le dijo la bruja, justo cuando alcanzaba la puerta—. Ni sueñes siquiera con traicionarme. Mis ojos pueden ver a través de paredes y
en las mentes de los hombres. Estarán puestos en
ti vayas a donde vayas. A la primera señal de des-
obediencia lanzaré tales hechizos sobre tu persona que cualquier cosa sobre la que te sientes te
parecerá un hierro al rojo vivo, y cada vez que
te acuestes en una cama habrá bloques invisibles
de hielo a tus pies. ¡Ahora vete!

El anciano salió, igual que un perro con el rabo
entre las piernas.

Los niños temieron entonces que Jadis tuviera
algo que decirles sobre lo sucedi-
do en el bosque. No obstante, lo
cierto fue que jamás lo mencionó, ni entonces ni después. Creo, igual que opina
Digory, que su mente era
incapaz de recordar aquel
lugar silencioso, y no importaba lo a menudo que
uno la llevara allí ni el tiempo que la dejara en aquel
lugar, la mujer seguía sin

saber que existía. Al quedarse sola entonces con los niños, tampoco prestó la menor atención a ninguno de ellos; lo que también era muy propio de ella. En Charn no había prestado atención a Polly, hasta el último momento, porque era Digory la persona que deseaba utilizar. Supongo que la mayoría de brujas se comportan así, y no sienten interés por cosas o personas a menos que puedan utilizarlas; son criaturas terriblemente prácticas. Así pues reinó el silencio en la habitación durante un minuto o dos, aunque uno podía darse cuenta por el modo en que Jadis golpeaba con el pie en el suelo que la mujer empezaba a impacientarse.

—¿Qué está haciendo ese viejo idiota? —dijo por fin, como si hablara consigo misma—. Debería haber traído un látigo.

Dicho eso abandonó la habitación majestuosamente en persecución del tío Andrew sin dedicar ni una mirada a los niños.

—¡Uf! —exclamó Polly, soltando un largo suspiro de alivio—. Y ahora debo ir a casa. Es tremendamente tarde. Me regañarán.

—De acuerdo, pero regresa tan pronto como puedas —dijo Digory—. Es espantoso tenerla aquí. Debemos organizar algún plan.

—Eso es cosa de tu tío —declaró ella—. Fue él quien empezó a jugar con la magia.

—De todas formas, regresarás, ¿verdad? Diablos, no puedes dejarme solo en un apuro como éste.

—Regresaré a casa por el túnel —replicó Polly con bastante frialdad—. Será el modo más rápido de hacerlo. Y si quieres que regrese, ¿no deberías decir que lo sientes?

—¿Sentirlo? —exclamó él—. Vaya, ¡a ver si eso no es típico de una chica! ¿Qué he hecho?

—Nada, desde luego —repuso ella en tono sarcástico—. Tan sólo estuviste a punto de desenroscarme la muñeca en la sala de las figuras de cera, como un vulgar matón cobarde; golpeaste la campana con el martillo, como un idiota, y retrocediste allá en el bosque de modo que ella tuvo tiempo de agarrarte antes de que saltásemos al interior de nuestro estanque. Eso es todo.

—¡Oh! —dijo Digory, muy sorprendido—. Bueno, de acuerdo. Lo siento. De verdad lamento lo sucedido en la habitación de las figuras de cera. Ya está: ya he dicho que lo siento. Y ahora, sé buena chica y regresa. Estaré en un aprieto increíble si no lo haces.

—No veo qué puede sucederte. Es el señor Ketterley quien se va a sentar sobre sillas al rojo vivo y encontrará hielo en su cama, ¿no es cierto?

—No se trata de eso. Lo que me preocupa es mi madre. Supongamos que esa criatura entrara en su habitación. Podría darle un susto de muerte.

—Vaya, comprendo —respondió Polly, en un tono de voz distinto—. De acuerdo; hagamos las paces. Regresaré, si puedo. Pero ahora debo irme.

Y se deslizó por la puertecilla al interior del túnel; y aquel lugar oscuro situado entre las vigas que había parecido tan emocionante y lleno de aventuras unas pocas horas antes, le resultó entonces tranquilo y acogedor.

Pero volvamos al tío Andrew, pues su pobre y viejo corazón latía violentamente mientras descendía tambaleante la escalera del desván y no dejaba de secarse la frente con un pañuelo. Cuando llegó a su dormitorio, que se encontraba en el piso de abajo, se encerró en él con llave, y lo primero que hizo fue buscar a tientas en el armario una botella y una copa que siempre ocultaba allí, donde la tía Letty no podía encontrarlas. Se sirvió un trago de alguna desagradable bebida de adultos y la vació de un trago. A continuación aspiró con fuerza.

—¡Madre mía! —dijo para sí—. Estoy alteradísimo. ¡Esto es increíble! ¡Y a mi edad!

Se sirvió una segunda copa y también la vació; luego empezó a cambiarse de ropa. Tú no habrás visto nunca prendas como aquéllas, pero yo las recuerdo bien. Se puso un cuello almidonado, muy alto y brillante, de esos que te obligaban a mantener la barbilla alzada todo el tiempo. Se colocó un chaleco blanco con bordados y dispuso la cadena de oro de su reloj sobre la parte frontal. Se enfundó en su mejor levita, la que guardaba para bodas y funerales, y a continuación tomó su mejor sombrero de copa y le sacó lustre. Sobre el tocador había un jarrón con flores, que la tía Letty había colocado allí, así que tomó una y se la puso en el ojal. También sacó un pañuelo limpio, uno muy bonito, de los que ya no se encuentran hoy en día, del cajón pequeño de la izquierda y depositó unas gotas de perfume en él. Para finalizar, asió su monóculo, uno con una gruesa cinta negra, y se lo encajó en el ojo; hecho todo eso, se contempló en el espejo.

Los niños hacen tonterías a su manera, como es bien sabido, y los adultos también, pero de otro modo. En aquel momento el tío Andrew empezaba a hacer el ridículo de un modo propio de un adulto. Ahora que la bruja ya no estaba en la misma habitación que él, comenzaba a olvidar rápidamente cómo lo había asustado y pensaba cada vez más en su maravillosa belleza. No dejaba de decirse: «Una mujer magnífica, sí señor, una mujer magnífica. Una criatura espléndida». También se las había arreglado para olvidar que habían sido los niños quienes habían encontrado a la «criatura espléndida»: se sentía como si él mismo, gracias a su magia, la hubiera hecho venir desde un mundo desconocido.

—Andrew, amigo mío —se dijo mientras se contemplaba en el espejo—, te conservas increíblemente bien para tu edad. Eres un hombre de aspecto distinguido.

Como puedes ver, el iluso anciano realmente empezaba a imaginar que la bruja se enamoraría de él. Seguro que las dos copas tenían algo que ver con la idea, y también sus mejores ropas. De todos modos, él siempre era tan presumido como un pavo real; por eso se había convertido en mago.

Abrió la puerta, bajó la escalera, envió a la criada en busca de un coche de caballos —todo el mundo tenía gran cantidad de criados en aquellos tiempos— y echó una ojeada al salón. Allí, como ya esperaba, encontró a la tía Letty, muy ocupada en remendar un colchón que estaba colocado en el suelo, cerca de la ventana, con ella arrodillada encima.

—Ah, Letitia, querida —saludó—. Tengo... ah... tengo que salir. Necesito que me prestes cinco libras, anda, sé una buena *xica*.

Tío Andrew siempre decía «xica» en lugar de chica.

—No, Andrew, querido —respondió la tía Letty con su voz firme y tranquila, sin alzar los ojos de

su tarea—; te he dicho innumerables veces que *no te prestaré* dinero.

—Oh, vamos, no seas pesada, mi querida *xica* —insistió el tío Andrew—. Es muy importante. ¿Es que no ves que me colocas en una posición muy incómoda si no lo haces?

—Andrew —replicó la tía Letty, mirándolo directamente a la cara—, me sorprende que no te dé vergüenza pedirme dinero.

Existía una larga y aburrida historia de adultos tras aquellas palabras, pero todo lo que necesitas saber al respecto es que el tío Andrew, entre mucho decir que él se ocuparía de «administrar las cuestiones financieras de la querida Letty por ella» sin llegar a hacerlo nunca, y contraer enormes deudas por la compra de coñac y tabaco (facturas que la tía Letty pagaba una y otra vez), había dejado a su hermana bastante más pobre de lo que lo era treinta años atrás.

—Mi querida muchacha —insistió él—, no lo comprendes. Me han surgido unos cuantos gastos inesperados. Debo atender ciertos compromisos sociales. Vamos, no seas pesada.

—Y ¿con quién, pregunto yo, tienes ese compromiso social, Andrew? —inquirió ella.

—Un... una visitante muy distinguida acaba de llegar.

—¡Distinguida, bobadas! —exclamó la tía Letty—. Nadie ha llamado a la campanilla de la puerta durante la última hora.

En ese momento la puerta se abrió violentamente de par en par. Tía Letty volvió la mirada y vio con asombro que una mujer enorme, vestida con gran magnificencia, con los brazos al descubierto y ojos centelleantes, se hallaba de pie en el umbral. Era la bruja.

CAPÍTULO 7

Lo que sucedió ante la puerta principal

—Y bien, esclavo, ¿cuánto tiempo debo esperar mi carruaje? —tronó la bruja.

El tío Andrew se encogió, asustado. Ahora que la mujer estaba presente de verdad, todas las ideas estúpidas que había tenido mientras se contemplaba en el espejo se esfumaron. Por su parte, la tía Letty abandonó al momento su posición arrodillada y avanzó hacia el centro mismo de la habitación.

—Y ¿quién es esta joven, Andrew, si se me permite preguntarlo? —dijo con voz glacial.

—Una distinguida extranjera..., un... una per... persona muy importante —tartamudeó.

—¡Tonterías! —exclamó la tía Letty, y luego, volviéndose hacia la bruja—: Sal de mi casa inmediatamente, desvergonzada, o llamaré a la policía.

Pensaba que la desconocida pertenecía a un circo y no le parecía correcto que la gente fuera por ahí con los brazos al descubierto.

—¿Quién es esta mujer? —inquirió Jadis—. De rodillas, sierva, antes de que te fulmine.

—En esta casa nadie me levanta la voz, jovencita —la reprendió la tía Letty.

Al instante, al menos así se lo pareció al tío Andrew, la reina se irguió a una mayor altura, si eso era posible. Sus ojos relampaguearon, y extendió el brazo con el mismo gesto y las mismas palabras horribles que hacía poco habían convertido en polvo las puertas del palacio de Charn. Pero nada sucedió excepto que la tía Letty, pensando que aquellas palabras tan horrorosas eran una frase hecha muy vulgar, exclamó:

—Ya decía yo... Esta mujer está borracha. ¡Borracha! Ni siquiera es capaz de hablar con claridad.

Para la bruja fue sin duda un momento terrible cuando comprendió, de repente, que su poder para convertir en polvo a las personas, que había sido muy real en su propio mundo, no iba a funcionar en el nuestro. Sin embargo, no perdió el coraje ni siquiera por un instante. Sin malgastar un solo pensamiento en la decepción sufrida, se abalanzó al frente, agarró a tía Letty por el cuello y las rodillas, la alzó por encima de su cabeza como si no pesara más que una muñeca, y la arrojó al otro extremo de la habitación. Mientras la tía Letty volaba aún por los aires, la criada —que estaba disfrutando de una mañana de lo más emocionante— introdujo la cabeza por la puerta y dijo:

—Con su permiso, señor, el coche de caballos espera.

—Te sigo, esclavo —indicó la bruja al tío Andrew.

El anciano empezó a refunfuñar algo sobre «violencia lamentable... realmente debo protestar», pero una simple mirada de Jadis lo hizo enmudecer de golpe. La mujer lo sacó de la habitación y de la casa; Digory bajó corriendo la escalera a tiempo de ver que la puerta de la calle se cerraba tras ellos.

—¡Cáscaras! —exclamó—. Ahora anda suelta por la ciudad. Y con el tío Andrew. Me gustaría saber qué sucederá ahora.

—Vaya, señorito Digory —dijo la criada, que disfrutaba una barbaridad—. Me parece que la señorita Ketterley se ha hecho daño.

Los dos se precipitaron al salón para averiguar qué había sucedido.

Si la tía Letty hubiera caído sobre tablas desnudas o incluso sobre la alfombra, supongo que se le

habrían roto todos los huesos: pero por una inmensa suerte había ido a caer sobre el colchón. La
mujer era una anciana dura de pelar: las mujeres a
menudo lo eran en aquellos tiempos. Una vez que
hubo aspirado unas cuantas sales y permanecido
sentada muy quieta unos minutos, declaró que se
hallaba perfectamente, aparte de tener unas cuantas marcas de golpes. No tardó en tomar el control
de la situación.

—Sarah —dijo a la criada que, vuelvo a repetir,
jamás se había divertido tanto—, ve a la comisaría
en seguida y diles que hay una lunática peligrosa
suelta por ahí. Ya le subiré yo el almuerzo a la
señora Kirke.

La señora Kirke era, claro está, la madre de Digory.

Una vez que se hubieron ocupado del almuerzo
de su madre, Digory y la tía Letty tomaron el
suyo, y después de eso el niño se dedicó a pensar
muy seriamente.

El problema era cómo devolver a la bruja a su
propio mundo, o por lo menos sacarla del nuestro, lo antes posible. Sucediera lo que sucediese,
no se le debía permitir que se dedicara a arrasar la
casa; su madre no debía verla. Y, si era posible,
tampoco se le debía permitir que corriera a sus
anchas por Londres. Digory no había estado en el

salón cuando intentó «fulminar» a la tía Letty,
pero la había visto «fulminar» las puertas de Charn:
por lo tanto conocía sus terribles poderes y no
sabía que los había perdido al llegar a nuestro
mundo. También sabía que la mujer tenía la intención de conquistar nuestro mundo. En aquel momento, por lo que él sabía, podría estar volando
el palacio de Buckingham o el Parlamento, y era
casi seguro que un cierto número de policías
habrían quedado reducidos ya a montoncitos de
polvo. Además, no creía que él pudiera hacer
nada para evitarlo. «Pero los anillos parecen funcionar como imanes —pensó—. Si pudiera tocarla
mientras me pongo el amarillo, los dos iríamos al
Bosque entre los Mundos. ¿Volvería ella a perder
las fuerzas allí? ¿Acaso el lugar provoca su debi-
lidad, o fue tan sólo debido al sobresalto de verse
arrancada de su propio mundo? Supongo que
tendré que arriesgarme. Y ¿cómo voy a encontrar
a esa fiera? No creo que tía Letty vaya a dejarme
salir, no, a menos que le diga a donde voy. Y
no tengo más que dos peniques. Necesitaría una
buena cantidad de dinero para autobuses y tran-
vías si tuviera que buscar por todo Londres. De
todos modos, no tengo la menor idea de dónde
buscar. Me gustaría saber si el tío Andrew sigue
con ella.»

Finalmente se dijo que lo único que podía hacer era aguardar y confiar en que el tío Andrew y la bruja regresaran. Si lo hacían, tenía que salir corriendo, sujetar a la mujer y ponerse el anillo amarillo antes de que ella tuviera oportunidad de entrar en la casa. Eso significaba que debía controlar la puerta de la calle como un gato que vigila el agujero de una ratonera; no tenía que abandonar su puesto ni un instante. Así pues entró en el comedor y «pegó la cara», como suele decirse, a la ventana. Era una ventana en forma de mirador desde la que se podían observar los peldaños que ascendían hasta la puerta principal y ver a ambos lados de la calle, de modo que nadie podía llegar a la puerta sin que él lo supiera.

«Me pregunto qué está haciendo Polly», pensó Digory.

Se hizo muchas preguntas al respecto mientras transcurría la primera y lenta media hora; pero tú no tienes que ponerte a elucubrar, porque yo voy a contarte qué hacía. Polly había llegado tarde a comer, con los zapatos y las medias muy mojados; y cuando le preguntaron dónde había estado y qué había hecho, respondió que había estado por ahí con Digory Kirke. Sometida a un interrogatorio más detallado dijo que se había mojado los pies en un estanque, y que el estanque estaba en un bosque. Cuando le preguntaron dónde se hallaba el bosque, contestó que no lo sabía. Cuando le preguntaron si estaba en uno de los parques, respondió sin faltar a la verdad que suponía que debía de encontrarse en una especie de parque. De todo eso la madre de Polly sacó la idea de que la niña se había marchado, sin decírselo a nadie, a alguna parte de Londres que no conocía, y entrado en un parque desconocido en el que se había divertido saltando en los <u>charcos</u>. Como consecuencia le dijeron que había sido muy desobediente y que no se le permitiría volver a jugar con «ese chico Kirke» nunca más si volvía a suceder algo parecido. A continuación le sirvieron la comida pero sin incluir aquello que más le gustaba y la enviaron a dormir durante dos horas enteras. Eran cosas que a uno le sucedían bastante a <u>menudo</u> en aquellos tiempos.

Así pues, mientras Digory miraba con atención por la ventana del comedor, Polly permanecía acostada en la cama, y ambos pensaban en lo terriblemente despacio que podía transcurrir el tiempo. Si me hubieran dado a elegir, creo que habría preferido estar en el lugar de Polly, ya que ella sólo tenía que aguardar el final de sus dos horas, mientras que cada pocos minutos Digory oía un coche de caballos o el carromato del panadero o un empleado de la carnicería que doblaban la esquina y pensaba «Ahí viene», y a continuación descubría que no era así. Y entre tales falsas alarmas, durante lo que parecieron horas innumerables, el reloj siguió marcando la hora y una mosca enorme —en lo alto y totalmente lejos de su alcance— se dedicó a zumbar contra la ventana. Era una de esas casas que se tornan muy silenciosas y aburridas después del mediodía y que siempre parecen oler a cordero.

Durante su larga vigilancia y espera sucedió una minucia que tendré que mencionar porque algo importante surgió de ella más tarde. Llegó una señora de visita con unas uvas para la madre de Digory; y puesto que la puerta del comedor estaba abierta, éste no pudo evitar oír a la tía Letty y a la visita mientras hablaban en el vestíbulo.

—¡Qué uvas más exquisitas! —dijo la voz de la tía Letty—. Estoy segura de que si algo puede hacerle bien, son estas uvas. ¡Mi querida Mabel, pobrecita! Aunque me temo que haría falta fruta del país de la juventud para ayudarla ahora. Nada de este mundo le servirá de gran cosa.

Luego las dos bajaron la voz y dijeron muchas más cosas que él no consiguió oír.

De haber oído la mención del país de la juventud unos pocos días antes habría creído que la tía

Letty se limitaba a hablar sin referirse a nada en concreto, como hacen los adultos, y no le habría interesado. Estuvo a punto de pensar lo mismo entonces; pero de improviso le vino a la mente que ahora sabía —incluso aunque su tía no lo supiera— que existían realmente otros mundos y que él mismo había estado en uno de ellos. Así pues, podría ser que existiera un auténtico País de la Juventud en alguna parte. Podría existir casi cualquier cosa. ¡Podría haber fruta en algún otro mundo capaz de curar para siempre a su madre! Y, ay, ay, ay... Bueno, ya sabes qué se siente cuando uno empieza a tener esperanzas de conseguir algo que desea desesperadamente; casi se lucha contra la esperanza porque ese algo es demasiado bonito para ser cierto; uno ya se ha visto decepcionado en demasiadas ocasiones. Así era como se sentía Digory en aquellos instantes. De todos modos no servía de nada intentar suprimir aquella esperanza, porque podía, de verdad que podía, resultar cierta. Habían sucedido tantas cosas raras hasta el momento. Y además tenía los anillos mágicos. Sin duda existían mundos a los que se podía acceder a través de cada uno de los estanques del bosque, y él podía buscar en todos ellos. Y luego, ¡su madre volvería a estar bien! Todo volvería a ir bien. Se olvidó completamente de vigilar el regreso de la bruja, y su mano penetraba ya en el bolsillo donde guardaba el anillo amarillo, cuando de improviso oyó un galope.

«¡Vaya! ¿Qué es eso? —pensó—. ¿Un coche de bomberos? Me preguntó qué casa está en llamas. ¡Válgame Dios, pero si viene hacia aquí! Pero, si es ella.»

No necesito decirte a quién se refería al decir «ella».

Primero apareció el cabriolé. No había nadie en el asiento del cochero. En el techo —no sentada, sino de pie sobre el techo— balanceándose con soberbio equilibrio mientras doblaba a toda velocidad la esquina con una rueda en el aire, estaba Jadis, la Gran Reina y el Terror de Charn. Mostraba los dientes en una mueca, sus ojos relucían como si llamearan, y la larga melena ondeaba a su espalda como la cola de un cometa. La mujer azotaba al caballo sin piedad, y la nariz del animal estaba dilatada y enrojecida, y sus costados salpicados de espuma. El caballo galopó enloquecido hasta la puerta principal, esquivando la farola por cuestión de centímetros, y luego se alzó sobre los cuartos traseros. El carruaje chocó contra la farola y se partió en varios pedazos. La bruja, de un magnífico salto, había abandonado el cabriolé justo a tiempo, pasando sobre el lomo del caballo. La mu-

jer se acomodó a horcajadas y se inclinó al frente, musitándole cosas al oído; cosas que sin duda no estaban pensadas para tranquilizarlo sino para enloquecerlo. El animal volvió a alzarse sobre los cuartos traseros al instante, y su relincho fue como un grito; el corcel era todo cascos, dientes, ojos y crines alborotadas. Únicamente un espléndido jinete habría podido mantenerse sobre su lomo.

Antes de que Digory hubiera recuperado el aliento, empezaron a suceder muchas otras cosas. Un segundo cabriolé apareció a toda velocidad detrás del primero: de él saltaron un hombre gordo con levita y un policía. A continuación apareció un tercer carruaje con dos policías más en él. Tras éste llegaron unas veinte personas —la mayoría chicos de los mandados— en bicicleta, todos haciendo sonar los timbres y lanzando aclamaciones y silbidos. Cerrando la marcha se presentó una multitud de gente a pie: estaban muy sofocados de tanto correr, pero evidentemente divertidos con todo aquello. Se abrieron de inmediato las ventanas de todas las casas de aquella calle y una sirvienta o un mayordomo aparecieron ante todas y cada una de las puertas principales. Todos querían contemplar la diversión.

Entretanto, un anciano caballero había empezado a abrirse paso, temblorosamente, fuera de los

restos del primer coche de caballos. Varias personas se adelantaron para ayudarlo; pero como unas
tiraban de él en una dirección y otras en otra distinta, tal vez habría salido más de prisa por sí mismo. Digory supuso que el anciano caballero debía
ser el tío Andrew, aunque era imposible verle el
rostro, ya que le habían calado el sombrero de
copa hasta la barbilla.

Digory salió veloz y se unió a la muchedumbre.

—Ésa es la mujer, ésa es la mujer —gritó el hombre gordo, señalando a Jadis—. Cumpla con su
deber, agente. Se ha llevado cosas por valor de
cientos de miles de libras de mi tienda. Mire esa
ristra de perlas que lleva al cuello. Es mía. Y además me ha puesto un ojo morado.

—¡Ya lo creo, jefe! —dijo un miembro de la multitud—. ¡Menuda obra de arte le ha hecho en ese
ojo! ¡Vaya! ¡Sí que es fuerte!

—Debería ponerse un pedazo de carne cruda sobre él, señor, eso es lo que necesita —aconsejó un aprendiz de carnicero.

—Y bien —dijo el más importante de los policías—, ¿qué sucede aquí?

—Yo se lo diré, ella... —empezó el hombre gordo, cuando otra persona gritó:

—No dejéis que ese sujeto del coche de caballos se escape. Él la incitó a hacerlo.

El anciano caballero que, desde luego, era el tío Andrew, acababa de conseguir ponerse en pie y se frotaba las contusiones en aquel momento.

—Muy bien —dijo el policía, volviéndose hacia él—. ¿Qué es todo esto?

—Mmm..., pomi... chomf —surgió la voz de tío Andrew desde el interior del sombrero.

—¡Vamos! ¡Basta de tonterías! —ordenó el policía con severidad—. ¡Esto no es cosa de risa! Quítese el sombrero, ¿quiere?

Eso era más fácil de decir que de hacer; pero después de que el anciano hubiera forcejeado en vano con el sombrero durante un rato, otros dos policías lo agarraron por el ala y se lo extrajeron de un tirón.

—Gracias, gracias, gracias —dijo el tío Andrew con voz débil—. Gracias. Cielos, me siento terriblemente agitado. Si alguien pudiera darme una copita de coñac...

—Haga el favor de prestarme atención —lo instó el policía, sacando un cuaderno muy grande y un lápiz muy pequeño—. ¿Está usted a cargo de esa joven de ahí?

—¡Cuidado! —gritaron varias voces, y el policía dio un salto atrás justo a tiempo.

El caballo le había lanzado una coz que sin duda habría podido matarlo. Luego la bruja hizo girar al animal de modo que ahora ella miraba a la multitud y las patas traseras del caballo estaban sobre la acera. La mujer sujetaba un reluciente cuchillo y había estado ocupada cortando los correajes que sujetaban el animal a los restos del cabriolé.

Durante todo aquel tiempo Digory había intentado colocarse en un lugar que le permitiera tocar a la bruja. No era tarea fácil ya que, en el lado más próximo a él, había demasiada gente, y para poder dar la vuelta hasta el otro lado tenía que pasar por entre los cascos del caballo y las verjas de la «zona» que rodeaba la casa; pues la mansión de los Ketterley tenía un sótano. Cualquiera que esté familiarizado con los caballos, y en especial que hubiera visto cómo se hallaba el animal en ese momento, comprendería que aquélla era una acción un tanto peliaguda. Digory sabía muy bien lo peligrosos que podían ser los caballos, pero apretó los dientes y se preparó para echar a correr hacia allí en cuando viera una oportunidad.

Un hombre de rostro enrojecido con un sombrero hongo se había abierto paso en aquel momento hasta la parte delantera de la multitud.

—¡Eh, policía! —llamó—. El caballo que está mareando es mío, y el coche que se ha hecho trizas es mío.

—De uno en uno, por favor, de uno en uno —dijo el policía.

—Pero no hay tiempo —protestó el cochero—. Conozco ese caballo mejor que usted. Su padre fue caballo de batalla de un oficial, ya lo creo. Y si esa muchacha sigue poniéndolo nervioso, correrá la sangre. Vamos, ¡sólo quiero acercarme a él!

El policía se sintió más que satisfecho de poder tener un buen motivo para apartarse aún más del caballo, y el cochero dio un paso al frente, alzó los ojos hacia Jadis y dijo en un tono de voz no precisamente severo:

—Vamos, señorita, yo le sujeto la cabeza y usted se baja. Es una dama y no querrá que todos esos matones se le echen encima, ¿verdad? Seguro que quiere irse a casa y tomar una buena taza de té y acostarse un rato; luego se sentirá muchísimo mejor. —Al tiempo que hablaba alargó la mano hacia la cabeza del caballo, diciendo—: Calma, *Fresón*. Tranquilo, tranquilo.

Entonces la bruja habló por primera vez.

—¡Perro! —dijo con una voz fría y nítida, que resonó con fuerza por encima del resto de ruidos—. Perro, suelta a nuestro corcel real. Estás ante la emperatriz Jadis.

~∞~

CAPÍTULO 8

La pelea junto al farol

—¡Eh! Así que eres emperatriz, ¿no? Ya lo veremos —dijo una voz.

Luego otra voz gritó: «¡Tres hurras por la emperatriz de Colney Hatch!», y varias voces se le unieron. Un cierto sonrojo apareció en el rostro de la bruja y ésta hizo una leve reverencia; pero las aclamaciones se apagaron para dar paso a estruendosas carcajadas y comprendió que sólo se burlaban de ella. Su expresión se alteró y pasó el cuchillo a la mano izquierda. Luego, sin advertencia previa, hizo algo que resultó un espectáculo terrible. Con agilidad, como si fuera lo más normal del mundo, alargó el brazo derecho y arrancó uno de los brazos del farol. Puede que hubiera perdido algunos poderes mágicos en nuestro mundo, pero no había perdido la fuerza; era capaz de romper una barra de hierro como si se tratara de una barrita de azúcar. Arrojó su nueva arma al aire, volvió a atraparla, la blandió e instó al caballo a que siguiera adelante.

«Ahora es la mía», pensó Digory. Se introdujo a toda velocidad entre el caballo y la barandilla y *railling* empezó a avanzar. Si al menos el animal se quedara quieto un instante podría sujetar el talón de *festen* la bruja. Mientras corría, escuchó un escalofriante estrépito y un golpe sordo. La bruja había descargado la barra sobre el casco del jefe de policía: el hombre se desplomó de golpe.

—De prisa, Digory. Hay que detener esto —dijo una voz junto a él; era Polly, que había bajado corriendo en cuanto le permitieron levantarse.

—Eres una amiga de verdad —dijo Digory—. Sujétate a mí con fuerza. Tendrás que encargarte tú del anillo. Amarillo, recuerda. Y no te lo pongas hasta que grite.

Se oyó un segundo estrépito y otro policía se *Clatter ciadn* desplomó. Un enojado rugido surgió de la muchedumbre:

—Derribadla. Tomad unos cuantos adoquines. Llamad a los militares.

De todos modos la mayoría se alejaban tanto como podían. El cochero, no obstante, evidentemente el más valiente además de la persona más amable de entre todos los presentes, se mantenía pegado al caballo, regateando a un lado y a otro para esquivar la barra de metal, pero sin dejar de intentar agarrar la cabeza de *Fresón*.

La multitud abucheó y bramó otra vez. Una piedra silbó por encima de la cabeza de Digory. Entonces se oyó la voz de la bruja, clara como una enorme campana, y sonando como si, por una vez, la mujer se sintiera casi feliz.

—¡Basura! Pagaréis muy caro por esto cuando haya conquistado vuestro mundo. No quedará ni una piedra de esta ciudad. Haré con ella lo mismo que con Charn, que con Felinda, que con Sorlis, que con Bramandin.

Digory consiguió por fin sujetarla por el tobillo. La mujer lanzó una patada con el talón y lo golpeó en la boca, y el niño, debido al dolor, la soltó. Tenía un corte en el labio y la boca llena de sangre. De algún punto muy cercano llegó la voz del tío Andrew en una especie de tembloroso chillido.

—Señora, mi querida joven, por el amor de Dios, cálmese.

Digory intentó alcanzar de nuevo el talón, y fue repelido otra vez. Más hombres cayeron bajo el impacto de la barra de hierro. El niño hizo un tercer intento: agarró el talón, y se aferró a él como si le fuera la vida en ello, a la vez que gritaba a Polly.

—¡Ya!

Entonces... ¡gracias a Dios! Los rostros enojados y asustados se habían desvanecido; las voces enfurecidas y atemorizadas habían callado. Todas excepto la del tío Andrew. Muy cerca de Digory en la oscuridad, el anciano seguía gimoteando:

—No, no, ¿estoy delirando? ¿Es esto el fin? No puedo soportarlo. No es justo. Jamás quise ser mago. Todo es un malentendido. Es todo culpa de mi madrina; ¡no hay derecho! En mi estado de salud, además. Una familia muy antigua del condado de Dorset.

«¡Diablos! —pensó Digory—. No queríamos traerlo también a él. ¡Caracoles!, qué fiesta.»

—¿Estas ahí, Polly? —preguntó en voz alta.

—Sí, estoy ahí. Deja de empujar.

—No te empujo —empezó a decir él, pero antes de que pudiera añadir nada más, sus cabezas salieron a la cálida y verdosa luz solar del bosque.

—¡Mira! —gritó Polly mientras abandonaban el estanque—. También hemos traído al viejo caballo con nosotros. Y al señor Ketterley. Y al cochero. ¡En qué lío nos hemos metido!

En cuanto la bruja vio que volvía a estar en el bosque palideció y se encorvó hasta que su rostro rozó las crines del caballo. Era evidente que se sentía terriblemente enferma. El tío Andrew temblaba. Sin embargo, *Fresón*, el caballo, sacudió la cabeza, lanzó un alegre relincho y pareció sentirse mejor. Se tranquilizó por primera vez desde que Digory lo había visto. Las orejas que habían estado echadas hacia atrás y pegadas al cráneo, regresaron a su posición correcta, y el fuego desapareció de sus ojos.

—Eso es, viejo amigo —dijo el cochero, palmeando el cuello de *Fresón*—. Eso está mejor. Tranquilo.

Fresón hizo entonces la cosa más natural del mundo; puesto que estaba sediento, lo que no era extraño, se encaminó despacio al estanque más próximo y penetró en él para beber. Digory sujetaba aún el talón de la bruja y Polly sujetaba la mano de Digory. Una de las manos del cochero estaba posada en el caballo; y el tío Andrew, todavía tambaleante, acababa de agarrar la otra mano del cochero.

—Rápido —dijo Polly, lanzando una mirada a Digory—. ¡Verdes!

Así pues el caballo jamás consiguió beber. En lugar de ello, todo el grupo se vio sumergido en una total oscuridad. *Fresón* relinchó; el tío Andrew lloriqueó.

—¡Qué suerte hemos tenido! —declaró Digory.

Se produjo una corta pausa, y a continuación Polly dijo:

—¿No deberíamos estar ya casi allí?

—Parece como si estuviéramos en alguna parte —dijo Digory—. Al menos estoy de pie sobre algo sólido.

—¡Vaya! También yo, ahora que lo pienso —asintió Polly—. Pero ¿por qué está tan oscuro? Digo yo, ¿crees que habremos entrado en el estanque equivocado?

—A lo mejor esto es Charn —indicó Digory—. Sólo que hemos regresado en plena noche.

—Esto no es Charn —dijo la voz de la bruja—. Esto es un mundo vacío. Esto es la Nada.

Y realmente resultaba extraordinariamente parecido a la Nada. No había estrellas, y estaba tan oscuro que no se podían ver entre sí y tampoco existía ninguna diferencia entre tener los ojos cerrados o abiertos. Bajo los pies tenían algo frío y plano que podría haber sido tierra, y que desde luego no era ni hierba ni madera. El aire era frío y seco y no soplaba viento.

—Mi fin ha llegado —declaró la bruja con una voz asombrosamente tranquila.

—Vamos, no diga eso —balbuceó el tío Andrew—. Mi querida joven, se lo ruego, no diga tales cosas. No puede estar tan mal. Ah..., cochero..., buen hombre..., ¿no llevará una botellita con usted? Una gota de licor es justo lo que necesito.

—Bueno, bueno —oyeron decir al cochero, con voz firme y valerosa—, que nadie se ponga nervioso, eso es lo que yo digo. ¿Alguien se ha roto algo? Bien. Pues ¡podemos dar gracias! ¡Es una suerte y más después de semejante caída! Tal vez hemos caído en un hoyo, a lo mejor es para las obras de la nueva estación de metro. Dentro de poco vendrá alguien a sacarnos de aquí. ¡Ya lo veréis! Y si estamos muertos, que no niego que pueda ser, bueno, pues pensad que en el mar pasan cosas peores y ¡que algún día hay que morirse! Y no hay nada que temer si uno ha llevado una vida honrada. Y yo creo que lo mejor que podemos hacer para pasar el rato es cantar.

Y así lo hizo. Empezó a entonar al instante un himno de agradecimiento por la cosecha, que decía algo sobre cosechas «puestas a buen recaudo». No era muy apropiado para un lugar en el que daba la impresión de que nada había crecido jamás desde el principio de los tiempos, pero era el que mejor recordaba. Poseía una voz hermosa y los niños se unieron a él; resultó muy reconfortante. El tío Andrew y la bruja no cantaron.

Hacia el final del canto, Digory sintió que alguien tiraba de su codo y por el olor general a coñac, tabaco y ropa buena decidió que debía de tratarse del tío Andrew. El anciano lo apartaba cautelosamente de los otros. Una vez que se hubieron alejado un poco, el hombre acercó tanto la boca a la oreja de su sobrino que le hizo cosquillas, y susurró:

—Ahora, muchacho. Ponte el anillo y vámonos.

Pero la bruja tenía el oído muy fino.

—¡Estúpido! —le gritó y saltó del caballo—. ¿Has olvidado que puedo escuchar los pensamientos de los hombres? Suelta al muchacho. Si intentas traicionarme me vengaré de ti en un modo que nunca se ha conocido en ningún mundo desde el principio de los tiempos.

—Y —añadió Digory— si crees que soy un cerdo tan mezquino como para marcharme y dejar abandonada a Polly y al cochero y al caballo en un lugar como éste, estás muy equivocado.

—Eres un chiquillo muy malo e impertinente —declaró el tío Andrew.

—¡Silencio! —exclamó el cochero, y todos aguzaron el oído.

En la oscuridad empezaba a suceder algo por fin. Una voz había comenzado a cantar. Sonaba muy distante y a Digory le costaba mucho decidir de qué dirección provenía. En ocasiones parecía provenir de todas a la vez; otras veces casi creía que surgía de la tierra bajo sus pies, pues las notas bajas eran lo bastante graves como para ser la voz de la tierra misma. No había palabras. Apenas si existía una melodía. Sin embargo se trataba, sin comparación posible, del sonido más hermoso que había oído jamás. Resultaba tan hermoso que apenas podía soportarlo. Al caballo también parecía gustarle; emitió la clase de relincho que emitiría un caballo si, tras años de ser un caballo de tiro, se encontrara de vuelta en el campo donde había jugado cuando era un potro, y viera a alguien, que recordaba y quería, cruzando el terreno para darle un terrón de azúcar.

—¡Caray! —exclamó el cochero—. ¡Qué voz!

En ese momento ocurrieron dos prodigios al mismo tiempo. Uno fue que a la voz se le unieron de repente otras voces; tantas que era imposible contarlas. Estaban en armonía con ella, pero situadas en un punto mucho más alto de la escala: voces frías, tintineantes y brillantes. El segundo prodigio fue que la oscuridad sobre sus cabezas se llenó, de improviso, de fulgurantes estrellas. Éstas no surgieron suavemente de una en una, como sucede en una tarde de verano, sino que, de una total oscuridad, se pasó a miles y miles de puntos de luz que se materializaron todos a la vez: estrellas individuales, constelaciones y planetas, más brillantes y grandes que los de nuestro mundo. No había nubes. Las nuevas estrellas y las nuevas voces nacieron justo al mismo tiempo, y si las hubieses visto y escuchado, como lo hizo Digory, te habrías sentido muy seguro de que eran las mismas estrellas las que cantaban, y de que fue la primera voz, la voz profunda, la que las había hecho aparecer y cantar.

—¡Esto es la gloria! —exclamó el cochero—. ¡Me habría portado mejor de haber sabido que existían cosas así!

La voz situada en la tierra sonaba ahora más fuerte y triunfante; pero las voces del cielo, tras cantar sonoramente con ella durante un rato, empezaron a debilitarse. Y algo más empezó a suceder.

A lo lejos, y cerca de la línea del horizonte, el firmamento fue tornándose gris, y comenzó a soplar una suave brisa, muy fresca. Justo en aquel punto, el cielo adquirió poco a poco una tonalidad más clara, y se pudieron distinguir las formas de colinas que se recortaban oscuras contra él. La voz no dejó de cantar ni un solo momento.

Pronto hubo luz suficiente para que pudieran verse los rostros. El cochero y los dos niños estaban boquiabiertos y les brillaban los ojos; escuchaban embelesados el sonido y daba la impresión de que les recordaba algo. El tío Andrew también estaba boquiabierto, pero no de alegría;

parecía más bien como si su barbilla se hubiera desencajado del resto de la cara. Tenía los hombros encorvados y le temblaban las rodillas; no le gustaba la voz, y si hubiese podido alejarse de ella introduciéndose en el interior de la madriguera de una rata, lo habría hecho. Por su parte, la bruja parecía comprender la música mucho mejor que ninguno de ellos. Tenía la boca cerrada y apretaba con fuerza labios y puños. Desde el mismo ins-

tante en que se inició la canción había percibido que todo aquel mundo estaba lleno de una magia distinta de la suya y más poderosa, y lo odiaba. Habría hecho pedazos todo el mundo, o todos los mundos, si con ello hubiera podido detener la canción. El caballo permanecía allí con las orejas bien erguidas al frente y en movimiento. De vez en cuando resoplaba y pateaba el suelo, y ya no parecía un viejo y cansado caballo de cabriolé; en aquellos momentos era fácil creer que su padre había participado en batallas.

Por el este, el cielo cambió de blanco a rosa y de rosa a dorado. La voz creció y creció, hasta que todo el aire se estremeció con ella, y justo cuando alcanzaba el sonido más potente y glorioso que había producido hasta el momento, el sol se alzó.

Digory no había contemplado jamás un sol como aquél. El sol que brillaba sobre las ruinas de Charn daba la impresión de ser más viejo que el nuestro: éste parecía más joven. Uno podía imaginarlo riendo feliz mientras se alzaba. Y a medida que sus rayos recorrían la tierra, los viajeros vieron por vez primera en qué clase de lugar se encontraban. Era un valle por el que serpenteaba un río amplio y veloz, fluyendo hacia el este en dirección al sol. Al sur había montañas, al norte colinas más bajas. No obstante era un valle de simple tierra, rocas y agua; no se veían árboles, ni arbustos, ni una brizna de hierba. La tierra tenía muchos colores: colores frescos, cálidos e intensos, que hacían que uno se sintiera emocionado... hasta que vieron al cantor, y entonces olvidaron todo lo demás.

Era un león. Enorme, peludo y radiante, se hallaba de cara al sol que acababa de alzarse. Cantaba con las fauces abiertas de par en par y se encontraba a unos trescientos metros de distancia.

—Éste es un mundo terrible —dijo la bruja—. Debemos huir de inmediato. Prepara la magia.

—Estoy totalmente de acuerdo con usted, señora —respondió el tío Andrew—. Es un lugar de lo más desagradable. Completamente salvaje. Si fuera más joven y tuviera un arma...

—¿Cómo? —dijo el cochero—. No pensará dispararle, ¿verdad?

—Y ¿quién querría hacerlo? —intervino Polly.

—Prepara la magia, viejo estúpido —ordenó Jadis.

—Desde luego, señora —respondió el tío Andrew con astucia—; debo tener a los dos niños a mi lado. En contacto conmigo. Ponte el anillo de vuelta a casa, Digory. —El anciano deseaba marcharse sin la bruja.

—Ah, son anillos, ¿no es eso? —exclamó la mujer.

Habría introducido las manos en el bolsillo del niño en un santiamén, pero Digory agarró la mano de Polly y chilló:

—Id con cuidado. Si cualquiera de vosotros se acerca medio centímetro más, los dos nos esfumaremos y os quedaréis aquí para siempre. Sí, tengo un anillo en el bolsillo que nos llevará a Polly y a mí a casa. ¡Y fijaos! Tengo la mano preparada. Así que mantened la distancia. Lo siento por usted —miró al cochero—, y por el caballo, pero no puedo evitarlo. En cuando a vosotros dos —miró entonces al tío Andrew y a la reina—, los dos sois magos, de modo que tendría que gustaros vivir juntos.

—¡Silencio! —indicó el cochero—. Quiero escuchar la música.

La canción acababa de cambiar.

CAPÍTULO 9

La fundación de Narnia

El león iba y venía por aquel territorio vacío y entonaba una nueva canción. Era más dulce y melodiosa que la que había cantado para invocar a las estrellas y al sol; una suave música susurrante. Y mientras andaba y cantaba, el valle se llenó de hierba verde que se desparramaba a partir del león como un estanque. La hierba ascendió por las faldas de las pequeñas colinas como una oleada, y en pocos minutos trepaba ya por las laderas inferiores de las lejanas montañas, convirtiendo aquel mundo joven en algo cada vez más mullido. Ya se oía el suave viento que rizaba la hierba, y muy pronto hubo otras cosas además de hierba. Las laderas más altas se oscurecieron con matas de brezo, y retazos de un verde más tosco y encrespado aparecieron en el valle. Digory no supo lo que eran hasta que uno empezó a brotar cerca de él. Era un menudo objeto puntiagudo que echó docenas de ramificaciones y los cubrió de verde mientras crecía a un ritmo de tres centímetros cada dos segundos. Docenas de aquellas cosas rodeaban ya al pequeño, y cuando fueron casi tan altas como él se dio cuenta de lo que eran.

—¡Árboles! —exclamó.

Lo fastidioso de aquello, tal como dijo Polly después, era que no te dejaban tranquilo para que pudieras observarlo. Justo mientras decía «¡Árboles!», Digory tuvo que dar un salto porque el tío Andrew había vuelto a acercársele furtivamente y se disponía a hurgar en su bolsillo; aunque poco provecho habría sacado de haber tenido éxito, pues apuntaba al bolsillo derecho porque pensaba aún que los anillos verdes eran «de regreso a casa». De todos modos Digory no deseaba perder ni unos ni otros.

—¡Detente! —gritó la bruja—. Retrocede. No, más atrás. Si alguien se acerca a más de diez pasos de cualquiera de los niños, le abriré la cabeza.

Balanceaba en la mano la barra de hierro que había arrancado del farol, lista para lanzarla, y, sin saber por qué, nadie dudó de su buena puntería.

—¡Vaya! —siguió—. Así que estabas dispuesto a regresar a escondidas a tu mundo con el niño y dejarme aquí.

El mal genio del tío Andrew finalmente pudo más que sus temores.

—Pues sí, señora —declaró—. ¡Sin lugar a dudas! Estaría en mi perfecto derecho a hacerlo. He sido tratado de un modo de lo más vergonzoso y abominable. He hecho todo lo que estaba en mi mano para mostrarle toda la cortesía posible. ¿Y cuál ha sido mi recompensa? Ha robado, me veo obligado a repetir la palabra, «robado» a un joyero respetable. Ha insistido en que la invitara a un almuerzo sumamente caro, por no decir ostentoso, a pesar de que me vi obligado a empeñar el reloj y la cadena para poder hacerlo; y permita que le diga, señora, que nadie de nuestra familia ha tenido por costumbre frecuentar las tiendas de empeño, excepto mi primo Edward, y él estaba en el cuerpo voluntario de caballería del condado. Durante esa indigesta comida, y me siento fatal sólo de pensar en ella ahora, su comportamiento y conversación atrajeron la desfavorable atención de todos los presentes. Me doy cuenta de que he sido deshonrado públicamente. Jamás podré volver a aparecer por ese restaurante. Ha atacado a la policía. Ha robado...

—Ya, cierre el pico, jefe, haga el favor de cerrar el pico —dijo el cochero—. Ahora hay que mirar y escuchar, no hablar.

Desde luego había muchas cosas que observar y escuchar. El árbol que había llamado la atención de Digory se había convertido en un haya adulta cuyas ramas se balanceaban suavemente por encima de su cabeza. Estaban de pie sobre hierba fresca y verde, espolvoreada de margaritas y ranúnculos, y algo más allá, a lo largo de la orilla del río, crecían sauces. Al otro lado, marañas de grosellas en flor, lilas, rosas silvestres y rododendros los rodeaban. El caballo se dedicaba a arrancar deliciosos bocados de hierba fresca.

Durante todo aquel tiempo la canción del león, y su majestuoso vagabundeo a un lado y a otro, de aquí para allá, siguieron sin pausa, y lo que resultaba más bien alarmante era que con cada giro se acercaba un poco más. A Polly la canción le resultaba cada vez más interesante porque le parecía empezar a ver una conexión entre la música y las cosas que sucedían. Cuando una hilera de abetos negros brotó en una loma a unos cien metros de distancia, sintió que se debían a una serie de profundas y prolongadas notas que el león había entonado un segundo antes; y cuando el animal emitió una rápida sucesión de notas más ligeras no le sorprendió ver que, de improviso, aparecían prímulas en todas direcciones. Así pues, con una inenarrable emoción, se sintió muy segura de que

todas las cosas salían —así lo dijo ella— «de la cabeza del león». Cuando uno escuchaba su canción
oía las cosas que creaba; cuando miraba a su alrededor, las veía. Aquello resultaba tan emocionante que no tenía tiempo de asustarse. Sin embargo,
Digory y el cochero no podían evitar sentirse un
poco nerviosos al ver que cada giro en el paseo del
animal lo conducía más cerca de ellos. En cuanto
al tío Andrew, los dientes le castañeteaban, pero
las rodillas le temblaban de tal modo que le resultaba imposible salir huyendo.

De repente la bruja avanzó decidida en dirección al león. Éste seguía acercándose, sin dejar de
cantar, con paso lento y meditado. Se encontraba

a sólo doce metros de distancia, cuando la mujer alzó el brazo y le arrojó la barra directamente a la cabeza.

Nadie, y aún menos Jadis, podría haber fallado a aquella distancia. La barra alcanzó al animal justo entre los ojos, rebotó y cayó a la hierba con un golpe sordo. El león siguió avanzando y su paso no era ni más lento ni más rápido que antes; era imposible saber si era consciente de que lo habían golpeado. A pesar de que sus blandas patas no producían el menor sonido, uno notaba cómo la tierra temblaba bajo su peso.

La bruja lanzó un alarido y echó a correr, desapareciendo entre los árboles en unos instantes. El tío Andrew intentó hacer lo mismo, tropezó con una raíz y cayó de bruces en un pequeño arroyo que discurría hacia el río. Los niños eran incapaces de moverse, aunque tampoco estaban muy seguros de querer hacerlo. El león no les prestó atención. La enorme boca roja estaba abierta, pero abierta para cantar, no para rugir. Pasó tan cerca de ellos que podrían haberle tocado la melena. Los pequeños tenían un miedo atroz a que se volviera y los mirara, y a la vez, curiosamente, deseaban que lo hiciera. De todos modos, les prestó la misma atención que si hubieran sido invisibles y no olieran a nada. Una vez que hubo pasado junto a ellos e ido unos pasos más allá, se dio la vuelta, pasó de nuevo a su lado y prosiguió la marcha en dirección este.

El tío Andrew, entre toses y farfulleos, se puso en pie.

—Bien, Digory —anunció—, nos hemos librado de esa mujer y ese horrible león se ha ido. Dame la mano y ponte el anillo inmediatamente.

—No me toques —dijo Digory, apartándose de él—. Mantente alejada de él, Polly. Ven aquí, a mi lado. Te lo advierto, tío Andrew, no te acerques ni un paso más o desapareceremos.

—¡Haz el favor de obedecer, señorito! —ordenó el tío Andrew—. Eres un niño sumamente desobediente y maleducado.

—Ni hablar. Queremos quedarnos y ver qué sucede. Creí que deseabas saber cosas de otros mundos. ¿No te gusta ahora que estás aquí?

—¡Gustarme! —exclamó él—. ¡Mírame! ¡Estoy hecho un desastre! Y era mi mejor levita y mi mejor chaleco.

Desde luego en aquellos momentos su aspecto era horrible pues, por supuesto, cuanto más elegante se viste uno, peor aspecto tiene después de haberse arrastrado fuera de un coche de caballos hecho trizas y de haber caído en un arroyo cenagoso.

—No estoy diciendo —añadió— que éste no sea un lugar de lo más interesante. Si yo fuera más joven, claro..., tal vez pudiera conseguir que algún joven enérgico viniera aquí primero. Uno de esos cazadores de caza mayor. Se le podría sacar algún provecho a este país. El clima es delicioso. Jamás había respirado un aire así. Estoy seguro de que me habría hecho mucho bien si... si las circunstancias hubieran sido más favorables. Si al menos tuviéramos un arma.

—Al diablo con las armas —dijo el cochero—. Voy a darle un buen masaje a *Fresón*. Ese caballo tiene más sentido común que muchas personas que yo conozco...

Regresó junto al caballo y empezó a proferir los siseos habituales de los peones de cuadra.

—¿Todavía crees que a ese león lo podría matar un arma? —preguntó Digory—. No pareció inmutarse con la barra de hierro.

—A pesar de todos sus defectos —repuso el tío Andrew—, es una *xica* valerosa, muchacho. Fue una acción muy audaz. —Se frotó las manos e hizo chasquear los nudillos, como si volviera a olvidar lo mucho que la bruja lo atemorizaba cuando estaba presente.

—Fue algo malvado —protestó Polly—. ¿Qué daño le había hecho él?

—¡Vaya! ¿Qué es eso? —dijo Digory, que había salido disparado al frente para examinar algo situado unos pocos metros más allá—. Eh, Polly —llamó—. Ven a echar un vistazo.

El tío Andrew fue con ella; no porque quisiera verlo sino porque quería mantenerse cerca de los niños, por si se le presentaba una oportunidad de robarles los anillos. Sin embargo, cuando vio lo que Digory contemplaba, incluso él empezó a mostrar cierto interés. Era un modelo perfecto de un farol, de poco menos de un metro de altura, aunque iba creciendo, y adquiriendo grosor de forma proporcionada, mientras lo observaban; en realidad, crecía igual que lo habían hecho los árboles.

—También está vivo..., quiero decir, está encendido —indicó Digory.

Así era; aunque desde luego la luminosidad del sol hacía que la pequeña llama del farol resultara difícil de percibir, a menos que la sombra de uno cayera sobre él.

—Impresionante, vaya que sí —murmuró el tío Andrew—. Ni siquiera yo había soñado jamás con magia como ésta. Nos hallamos en un mundo donde todo, incluso un farol, adquiere vida y crece. Me gustaría saber de qué semilla crece un farol...

—¿No te das cuenta? —dijo Digory—. Aquí es donde cayó la barra; la barra que ella arrancó del farol en nuestro país. Se clavó en el suelo y ahora brota en forma de joven farol.

En realidad no tan joven en aquellos momentos, pues ya había alcanzado la altura de Digory mientras él hablaba. *wonderful, extraordinary*

—¡Eso es! Prodigioso, prodigioso —asintió el tío Andrew, frotándose las manos con más energía que nunca—. ¡Ja, ja! Se rieron de mi magia. Esa estúpida hermana mía cree que soy un lunático. Me gustaría saber qué dirán ahora. He descubierto un mundo donde todo rebosa vida y desarrollo. ¡Colón, vaya! ¡Y hablan de Colón! Pero ¿qué fue América comparada con esto? Las posibilidades comerciales de este país son ilimitadas. Se traen unos viejos restos de chatarra, *junk* se entierran, y en seguida brotarán en forma de flamantes locomotoras, buques de guerra, cualquier cosa que uno desee. No me costarían nada y podría venderlos en Inglaterra por un dineral. *fortune* Seré millonario. ¡Y además, el clima! Ya me siento varios años más joven. Podría convertirlo en un balneario. *resort* Un buen sanatorio aquí podría producir unas veinte mil libras al año. Desde luego tendré que revelar el secreto a unos cuantos. Lo primero es conseguir que maten a ese animal.

—Es usted igual que la bruja —dijo Polly—. No piensa en otra cosa que en matar.

—Y en lo que respecta a mí —prosiguió el anciano, sumido en su feliz ensoñación—, es imposible saber cuánto tiempo podría vivir si me instalase aquí. Y eso es algo que hay que tener en cuenta cuando uno ha cumplido ya los sesenta. ¡No me sorprendería no envejecer ni un día más en este país! ¡Formidable! ¡El País de la Juventud!

—¿Cómo? —gritó Digory—. ¡El País de la Juventud! ¿Realmente crees que lo es? —Pues, naturalmente, recordaba lo que la tía Letty había dicho a la señora que había traído las uvas, y aquella dulce esperanza volvió a embargarlo—. Tío Andrew —dijo—, ¿crees que aquí hay algo que pueda curar a mi madre?

—¿De qué hablas? —replicó él—. Esto no es una farmacia. Pero tal como decía...

—Mi madre te importa un comino —le espetó Digory con rabia—. Pensaba que te importaba; al fin y al cabo es tu hermana además de mi madre. Bueno, me da igual. Pienso ir a preguntarle al león en persona si puede ayudarme.

Dio media vuelta y se alejó a buen paso. Polly aguardó unos instantes y luego fue tras él.

—¡Eh! ¡Detente! ¡Regresa! Este chico se ha vuelto loco —dijo el tío Andrew.

El anciano siguió a los niños a una distancia prudente; pues no deseaba alejarse demasiado de los anillos verdes ni acercarse en exceso al león.

En unos minutos Digory llegó al límite del bosque y se detuvo allí. El león seguía cantando; pero la canción había vuelto a cambiar. Era mucho más parecida a lo que llamaríamos una melodía, pero también era mucho más desenfrenada. Hacía que se quisiera correr, saltar y trepar; hacía que entraran ganas de gritar; hacía que se deseara correr hacia otras personas y abrazarlas o pelear con ellas. Hizo que el rostro de Digory se sonrojara y acalorara, y también ejerció un cierto efecto sobre el tío Andrew, ya que el niño lo oyó decir:

—Una *xica* valerosa, sí, señor. Es una lástima que tenga ese genio, pero es una mujer realmente magnífica de todos modos, una mujer realmente magnífica.

Pero el efecto que la canción tenía sobre los dos humanos no era nada comparado con el que tenía sobre el territorio.

¿Eres capaz de imaginar un prado cubierto de hierba que borbotea como el agua en una olla? Pues ésta es la mejor descripción de lo que estaba sucediendo. El terreno se iba llenando de

montecillos por todas partes. Eran de tamaños
muy distintos, algunos no mayores que madri-
gueras de topos, otros tan grandes como carreti-
llas, dos del tamaño de casitas de campo. Y los
montecillos se movieron e hincharon hasta esta-
llar, y la tierra desmoronada se derramó por los
costados, y de cada montículo surgió un animal.
Los topos salieron de la tierra igual que salen
en Inglaterra. Los perros surgieron ladrando en
cuanto les quedó libre la cabeza y forcejeaban
como se los ve hacer cuando atraviesan un túnel
estrecho o un cerco. Los ciervos fueron los más
curiosos de observar, puesto que las cornamentas
salieron mucho antes de que apareciera el resto de
ellos, de modo que en un principio Digory pensó que se trataba de árboles. Las
ranas, que surgieron todas cerca
del río, fueron directas a éste con

un *plof-plof* y un sonoro croar. Las panteras, leopardos y animales de ese estilo, se sentaron inmediatamente para lamerse la tierra de los cuartos traseros y luego se apoyaron en los árboles para afilar las zarpas delanteras. Avalanchas de pájaros salieron de los árboles. Las mariposas revolotearon, y las abejas se pusieron a trabajar en las flores como si no tuvieran un segundo que perder. No obstante, el momento más espectacular fue cuando el montículo más grande se quebró como por un pequeño terremoto y emergió el lomo inclinado, la enorme cabeza sabia, y las cuatro patas llenas de pliegues de un elefante. Y entonces apenas se oía ya la canción del león, debido a la gran cantidad de graznidos, arrullos, cacareos, rebuznos, relinchos, aullidos, ladridos, balidos y bramidos.

Sin embargo, a pesar de no oír ya al león, Digory sí lo veía. Era tan grande y reluciente que no podía apartar los ojos de él. Los otros animales no parecían tenerle miedo. A decir verdad, en aquel mismo instante, Digory oyó el sonido de cascos a su espalda, y al cabo de unos segundos el viejo caballo del cabriolé pasó trotando por su lado para ir a reunirse con las otras bestias. Al parecer el aire le había sentado tan bien como al tío Andrew, pues ya no parecía el viejo y desdichado esclavo que había sido en Londres; alzaba bien los

cascos al andar y mantenía la cabeza bien erguida.
Y ahora, por vez primera, el león estaba callado;
paseaba de un lado a otro por entre los animales,
y de vez en cuando se acercaba a dos de ellos
—siempre de dos en dos— y les rozaba el hocico
con el suyo. Tocaba a dos castores de entre todos
los castores, a dos leopardos de entre todos los leopardos, a un ciervo y una cierva de entre todos los
ciervos, y dejaba a los demás. Algunas clases de
animales las pasaba por alto tranquilamente. Las
parejas que había tocado abandonaban al instante
a sus congéneres y lo seguían. Finalmente el león
se quedó quieto y todas las criaturas que había
tocado se acercaron y formaron un amplio círculo a su alrededor.

Aquellos que no había tocado empezaron a dis-
persarse, y sus sonidos se fueron desvaneciendo

en la distancia. Los animales elegidos que se quedaban permanecían en un silencio absoluto, con los ojos muy fijos en el león. Aquellos que pertenecían a la familia de los felinos agitaban de vez en cuando la cola pero, aparte de eso, se mantenían inmóviles. Por vez primera aquel día se hizo un completo silencio, sólo interrumpido por el fluir del agua del río. El corazón de Digory latía con violencia; sabía que algo muy solemne estaba

a punto de ocurrir. No había olvidado a su madre, pero sabía perfectamente que, ni siquiera por ella, podía interrumpir algo como aquello.

El león, cuyos ojos no pestañeaban jamás, contempló a los animales con tanta severidad como si fuera a abrasarlos sólo con mirarlos, y poco a poco se efectuó un cambio en ellos. Los más pequeños —conejos, topos y seres parecidos— se volvieron bastante más grandes. Los que era muy grandes —resultaba más visible en los elefantes— se volvieron un poco más pequeños. Muchos animales se sentaron sobre los cuartos traseros, y la mayoría ladeó la cabeza como si pusieran mucho empeño en comprender. El león abrió las fauces, pero no salió ningún sonido; exhalaba, un largo y cálido aliento, que pareció balancear a todos los animales igual que el viento balancea una hilera de árboles. En las alturas, desde un punto situado más allá del velo de cielo azul que las ocultaba, las estrellas volvieron a cantar; era una música pura, serena e intrincada. Entonces se produjo un veloz fogonazo parecido a una llamarada —que no quemó a nadie— procedente del cielo o del mismo león, los niños sintieron que toda su sangre hormigueaba, y la voz más profunda e impetuosa que habían oído jamás empezó a decir:

—Narnia, Narnia, Narnia, despierta. Ama. Piensa. Habla. Sed Árboles Andantes. Sed Bestias Parlantes. Sed Aguas Divinas.

CAPÍTULO 10

El primer chiste y otras cuestiones

Desde luego se trataba de la voz del león. Hacía tiempo que los niños estaban seguros de que podía hablar: sin embargo, sintieron un sobresalto entre terrible y delicioso cuando lo hizo.

De los árboles surgieron gentes estrafalarias, dioses y diosas del bosque; salieron acompañados de faunos, sátiros y enanos. Del río emergió el dios del río con sus hijas náyades. Y todos aquellos seres y todas las bestias y aves en sus diferentes voces, graves o agudas, apagadas o claras, respondieron:

—Salve, Aslan. Escuchamos y obedecemos. Estamos despiertos. Amamos. Pensamos. Hablamos. Sabemos.

—Pero, bueno, ¡todavía nos queda por aprender! —dijo una voz nasal y resoplante; y aquello sí que hizo dar un salto a los niños, pues era el caballo del cabriolé quien había hablado.

—El bueno de *Fresón* —dijo Polly—. Me alegro de que fuera uno de los que eligió para ser una Bestia Parlante.

—¡Caray! —dijo el cochero, que se hallaba ahora de pie junto a los niños—. Ya decía yo que este caballo era muy listo.

—Criaturas, os doy vuestro ser —dijo la voz potente y alegre de Aslan—. Os entrego para siempre este país de Narnia. Os doy los bosques, las frutas, los ríos. Os doy las estrellas y me entrego yo mismo a vosotros. Las criaturas mudas que no he elegido también os pertenecen. Tratadlas con cariño y amadlas pero no volváis a comportaros como ellas, no sea que dejéis de ser Bestias Parlantes. Pues provenís de ellas y a ellas podéis regresar. No lo hagáis.

—No, Aslan, no lo haremos, no lo haremos —dijeron todos.

Y un descarado cuervo añadió en voz alta: «¡Ni hablar!» y, puesto que todos los demás habían dejado de hablar justo antes de que lo dijera, sus palabras sonaron con total nitidez en medio de un profundo silencio; tal vez tú ya hayas descubierto lo terrible que eso puede resultar..., pongamos por caso, en una fiesta. El cuervo se sintió tan avergonzado que ocultó la cabeza bajo el ala como si fuera a dormirse, en tanto que los demás animales emitían varios ruiditos curiosos que eran sus distintos modos de reír y que, desde luego, nadie ha oído jamás en nuestro mundo. Al principio intentaron contener la risa, pero Aslan dijo:

—Reíd y no temáis, criaturas. Ahora que ya no sois mudas ni necias, no tenéis por qué mostraros

siempre solemnes. Pues los chistes, igual que la justicia, van unidos al habla.

Así pues todos los animales y seres fantásticos se relajaron. Y fue tal el júbilo que el cuervo reunió valor suficiente de nuevo y se encaramó a la

relajar-te relax

cabeza del caballo del cabriolé, entre sus orejas. Aplaudió con las alas y dijo:

—¡Aslan! ¡Aslan! ¿Me he inventado el primer chiste? ¿Le contarán siempre a todo el mundo cómo inventé el primer chiste?

—No, amiguito —respondió el león—. No has «inventado» el primer chiste, simplemente has «sido» el primer chiste.

Entonces rieron más que nunca; pero al cuervo no le importó y rió igual de fuerte hasta que el

caballo sacudió la cabeza y el ave perdió el equilibrio y cayó, aunque recordó que tenía alas —todavía no estaba acostumbrada a ellas— antes de llegar al suelo.

—Así pues —declaró Aslan—, Narnia queda establecida. Ahora debemos pensar en mantenerla a salvo. Convocaré a algunos de vosotros a mi consejo. Venid acá conmigo, jefe enano, y tú, dios del río, y tú, <u>roble</u> y tú, búho, y los dos cuervos y el elefante. Debemos hablar. Pues aunque el mundo no tiene ni cinco horas de vida una criatura malvada ha entrado ya en él.

Las criaturas que había nombrado se adelantaron y el león marchó en dirección este con ellas. Las otras se pusieron a hablar, diciendo cosas como:

—¿Qué ha dicho que había entrado en el mundo?... Una criatura *malada*... ¿Qué es una criatura *malada*?

—No, no ha dicho *malada*, sino una criatura *valada*.

—Bueno, ¿y qué es eso?

—Oye —dijo Digory a Polly—, tengo que ir tras él..., tras Aslan, quiero decir, el león. Debo hablar con él.

—¿Crees que podemos? Yo no me atrevería.

—Debo hacerlo —respondió Digory—. Se trata de mi madre. Si alguien puede darme algo que la cure, es él.

—Voy con vosotros —ofreció el cochero—. Me ha caído bien. Y no creo que las otras bestias vayan a atacarnos. Y quiero hablar con el viejo *Fresón*.

audacity Así que los tres avanzaron con osadía —o más bien con tanta osadía como fueron capaces— en dirección a la asamblea de animales. Las criaturas estaban tan ocupadas conversando entre ellas y trabando amistad, que no se dieron cuenta de la presencia de los tres seres humanos hasta que éstos estuvieron muy cerca; tampoco oyeron al tío Andrew, *boots* que estaba de pie temblando en sus botines a bastan- *convinced* te distancia y gritaba, aunque no muy convencido:

—¡Digory! ¡Regresa! Regresa inmediatamente cuando te lo ordenan. Te prohíbo que des un paso más.

Cuando por fin se encontraron justo en medio de los animales, éstos dejaron de hablar y los miraron con asombro.

beaver
—¿Bien? —dijo finalmente el castor macho—. ¿Qué son estas cosas, por el amor de Aslan? *interesante*

—Por favor —empezó a decir Digory casi sin resuello, cuando un conejo intervino, diciendo:

—Son una especie de lechugas gigantes, o eso creo yo.

—No, no somos lechugas, de verdad que no —se apresuró a asegurar Polly—. No tenemos buen sabor.

convencer- to convince

—¡Vaya! —dijo el topo—. Pueden hablar. ¿Quién ha oído hablar jamás de una lechuga parlanchina?

—A lo mejor son el segundo chiste —sugirió el cuervo.

Una pantera, que estaba lavándose la cara, paró por un momento para decir:

—Bueno, pues si lo son, no son ni la mitad de buenos que el primero. Al menos, no veo nada divertido en ellos. —Bostezó y prosiguió con su lavado.

—Por favor —suplicó Digory—. Tengo muchísima prisa. Quiero ver al león.

Mientras ellos hablaban, el cochero intentaba llamar la atención de *Fresón*, hasta que finalmente lo consiguió.

—Hola, *Fresón*, viejo amigo —dijo—. Tú me conoces. No te quedes ahí como si no supieras quién soy.

—¿De qué habla esa cosa, caballo? —preguntaron varias voces.

—Bueno —dijo *Fresón* muy despacio—, no lo sé exactamente. Creo que a muchos de nosotros todavía nos queda mucho por aprender. Pero tengo una vaga idea de haber visto algo parecido. Me da la sensación de haber vivido en otro lugar, o haber sido otra cosa, antes de que Aslan nos despertara a todos hace unos minutos. Está todo muy confuso. Es como un sueño. Pero en él había cosas similares a estos tres.

—¿Qué? —exclamó el cochero—. ¿No me conoces? ¿Yo, que te daba una papilla de salvado caliente las noches que estabas alicaído? ¿Yo, que te cepillaba bien? ¿Yo, que nunca olvidaba ponerte la manta cuando hacía frío? ¡Nunca lo hubiera dicho, *Fresón*!

—Ahora empiezo a recordar —dijo el caballo, pensativo—. Sí. Deja que piense, deja que piense. Sí, solías atar una horrible cosa negra a mi espalda y luego me pegabas para que corriera, y por muy lejos que llegara esa cosa negra venía siempre traqueteando detrás de mí.

—Había que ganarse el pan, ¿sabes? —respondió el cochero—. Tú y yo, ¡los dos! Y sin trabajo ni látigo, no habría habido establo ni heno ni papilla de salvado, y tampoco avena. Porque a ti te gustaba la avena, ¡nadie lo negará!

—¿Avena? —inquirió el caballo, irguiendo las orejas—. Sí, recuerdo vagamente. Sí, empiezo a recordar cada vez más cosas. Siempre estabas sentado muy erguido en algún lugar detrás de mí y yo siempre corría delante, tirando de ti y de la cosa negra. Sé que yo hacía todo el trabajo.

—En verano, lo admito —respondió él—. Trabajo abrasador para ti y un asiento fresco para mí.

Pero ¿qué hay del invierno, cuando tú te mante-
nías caliente y yo estaba sentado allí arriba con los
pies como témpanos de hielo, la nariz enrojecida
por el viento helado y las manos tan agarrotadas
que apenas podía sujetar las riendas?

—Era un país duro y cruel —dijo *Fresón*—. No
había hierba. Todo eran piedras duras.

—¡Qué razón tienes, compañero! —asintió el
cochero—. ¡El mundo es duro! Siempre he dicho
que los adoquines no son buenos para los caballos.
Pero ¡así es Londres, ya lo creo! A mí me gusta tan
poco como a ti. Tú eras un caballo de campo, y yo
era un hombre de campo. ¡Hasta cantaba en el
coro! ¡Ya lo creo que sí! Pero en el campo no podía
ganarme la vida.

—Basta, por favor —intervino Digory—. ¿Podríamos seguir? El león se aleja cada vez más, y es
urgentísimo que hable con él.

—Mira, *Fresón* —dijo el cochero—. El joven está
preocupado porque necesita hablar con el león;
ése al que llamáis Aslan. ¿Por qué no lo dejas
montar sobre tu lomo, cosa que él agradecerá muchísimo, y lo llevas trotando hasta el león? Y la
jovencita y yo os seguiremos a pie.

—¿Montar? —inquirió el animal—. Ah, ahora
recuerdo. Significa sentarse sobre mi lomo. Recuerdo que había un pequeño de dos patas como

tú que lo hacía mucho tiempo atrás. Acostumbraba a darme pequeños terrones cuadrados de una sustancia blanca. Tenían un sabor... ah, maravilloso, más dulce que la hierba.

—Ah, debía de ser azúcar —dijo el cochero.

—Por favor, *Fresón* —rogó Digory—, deja, deja que suba y llévame hasta Aslan.

—Bueno, no me importa —respondió el caballo—. Pero sólo una vez. Sube.

—Buen chico, *Fresón* —dijo el cochero—. Vamos, jovencito, te echaré una mano.

Digory no tardó en estar instalado sobre el lomo del animal, y bastante cómodo, además, pues ya había montado sin silla antes en su poni.

—Arre, *Fresón* —indicó.

—¿No tendrás por casualidad un poco de esa sustancia blanca, supongo? —inquirió su montura.

—No; me temo que no.

—Bueno, qué le vamos a hacer —respondió él, y se pusieron en marcha.

En aquel momento un enorme bulldog, que había estado olisqueando y mirando con suma atención, dijo:

—¡Mirad! ¿No hay ahí otra de esas criaturas curiosas...? ¡Ahí, junto al río, bajo los árboles!

Entonces todos los animales miraron y vieron al tío Andrew, de pie, muy quieto entre los rododendros y confiando en que nadie advirtiera su presencia.

—¡Vamos! —dijeron varias voces—. Vayamos a averiguarlo.

Así que, mientras *Fresón* se alejaba trotando a buen paso con Digory en una dirección —con Polly y el cochero siguiéndolos a pie—, la mayoría de las criaturas corrieron hacia el tío Andrew entre rugidos, ladridos, gruñidos y otros ruidos que indicaban un alegre interés.

Ahora debemos retroceder un poco y explicar cómo había interpretado toda la escena el tío Andrew. Ésta no le había producido la misma impresión que al cochero y a los niños, pues lo que uno ve y oye depende en gran medida del lugar donde esté, y también depende de la clase de persona que uno sea.

Desde el momento en que habían aparecido los animales, el tío Andrew había ido retrocediendo más y más hacia el interior del bosquecillo. Los observaba con suma atención; pero lo que atraía su interés no era ver lo que hacían, sino vigilar por si se abalanzaban sobre él. Al igual que la bruja, era sumamente práctico. No se dio cuenta de que Aslan elegía a una pareja de cada clase de animales; todo lo que vio, o creyó ver, fue a un montón de peligrosos animales salvajes que deambulaban de un modo impreciso, y no dejó de preguntarse por qué los otros animales no huían del enorme león.

Cuando llegó el gran momento y las bestias hablaron, no se enteró absolutamente de nada; por un motivo muy interesante. Cuando el león había empezado a cantar por primera vez, hacía ya mucho rato, cuando todo estaba aún bastante oscuro, había comprendido que el ruido era una canción, y ésta no le había gustado nada. Le hacía pensar y sentir cosas que no quería pensar ni sentir. Luego, cuando salió el sol y vio que el cantor era un león —«nada más que un león», como se dijo para sus adentros—, intentó por todos los medios convencerse de que no cantaba y jamás había cantado; de que sólo rugía como lo haría cualquier león en un zoológico de nuestro mundo. «Es imposible que haya cantado —pensó—, debo de haberlo imaginado. No he hecho nada para impedir que mis nervios se descontrolen. ¿Quién ha oído jamás que un león pueda cantar?» Y cuanto más bellamente cantaba el animal, con más ahínco intentaba el tío Andrew convencerse de que no oía otra cosa que rugidos. Ahora bien, el principal inconveniente de intentar volverse más estúpido de lo que realmente se es, es que muy a menudo se consigue. El tío Andrew lo consiguió. Pronto ya no oyó nada más que rugidos en la canción de Aslan; al poco rato habría sido incapaz de oír otra cosa aunque lo hubiera deseado. Y cuando por fin el león habló y dijo «Narnia, despierta», no oyó palabras: oyó únicamente un gruñido. Luego, cuando los animales hablaron en respuesta, a él sólo le llegaron ladridos, gruñidos y aullidos; y cuando rieron..., bueno, resulta fácil imaginarlo. Aquello fue peor para el tío Andrew que cualquier cosa que hubiera sucedido hasta entonces; las bestias hambrientas emitieron el clamor más horrendo y ávido de sangre que había oído en toda su vida. Luego, con gran cólera y horror por su parte, vio como los otros tres humanos salían a campo abierto para ir al encuentro de los animales.

—¡Idiotas! —dijo para sí—. Ahora esas bestias se comerán los anillos junto con los niños y jamás podré regresar a casa. ¡Qué muchacho más egoísta es Digory! Y los otros son iguales. Si quieren desperdiciar su vida, es cosa suya. Pero ¿qué sucede conmigo? ¡Les importa un rábano! Nadie piensa en mí.

Finalmente, cuando todo el grupo de animales se abalanzó hacia él, dio media vuelta y salió huyendo precipitadamente. En aquel momento quedó bien claro que el aire de aquel mundo joven realmente le estaba sentando de maravilla al anciano caballero. En Londres era demasiado mayor para correr, pero ahora corría a una velocidad que le habría asegurado el triunfo en la carrera de los cien metros de cualquier escuela primaria de Gran Bretaña. Los faldones de la levita ondeando a su espalda resultaban todo un espectáculo. Pero, claro está, no le sirvió de nada. Muchos de los animales que lo perseguían eran criaturas veloces; era la primera carrera que habían hecho en sus vidas y todos ansiaban hacer uso de sus nuevos músculos.

—¡Tras él! ¡Tras él! —gritaron—. ¡A lo mejor es esa criatura *malada*! ¡Vamos! ¡A la carrera! ¡Cortadle el paso! ¡Rodeadlo! ¡Seguid! ¡Hurra!

En pocos minutos algunos de ellos lo adelantaron, luego se colocaron en fila y le cerraron el paso. Otros lo rodearon por detrás. Mirara a donde mirase, todo le producía pavor. Las cornamentas de alces enormes y el inmenso rostro de un elefante se

alzaron amenazadores sobre su persona; pesados y serios osos y jabalíes gruñeron a su espalda, y leopardos y panteras de mirada insolente y expresiones sarcásticas —en su opinión— lo contemplaron fijamente y menearon la cola. Lo que más le impresionó fue la cantidad de fauces abiertas. Los animales en realidad habían abierto las bocas para jadear, pero él pensó que lo habían hecho para devorarlo.

El tío Andrew se detuvo tembloroso y balanceándose de un lado a otro. Para empezar, jamás le habían gustado los animales, pues por lo general le inspiraban temor; y, desde luego, años de crueles experimentos con animales le habían hecho odiarlos y temerlos aún más.

—Bien, señor —dijo el bulldog en tono práctico—, ¿es usted animal, vegetal o mineral?

Eso fue lo que dijo realmente; pero todo lo que el tío Andrew oyó fue «¡Grrrrr!».

CAPÍTULO 11

Digory y su tío tienen problemas

Se puede pensar que los animales tenían que ser muy tontos para no darse cuenta en seguida de que el tío Andrew era la misma clase de criatura que los dos niños y el cochero; pero hay que recordar que los animales no sabían lo que era la ropa. Creían que el vestido de Polly, el traje Norfolk de Digory y el sombrero hongo del cochero formaban parte de ellos igual que las pieles y plumas de los animales. No habrían comprendido que los tres eran de la misma especie si no les hubieran hablado y si *Fresón* no hubiera pensado lo mismo. Además, el tío Andrew era mucho más alto que los niños y bastante más delgado que el cochero. Iba todo vestido de negro excepto por el chaleco blanco —que ya no estaba muy blanco a aquellas alturas—; y la enorme pelambrera gris —para entonces, más que enmarañada— no se parecía a nada que hubieran visto en los otros tres humanos. Así pues, era muy natural que se sintieran perplejos. Y lo peor era que, aquel ser no parecía capaz de hablar.

En realidad había intentado hacerlo. Cuando el bulldog le habló o, como pensó él, primero le rugió y luego le gruñó, alargó la temblorosa mano y jadeó: «Vamos, sé un perrito bueno, soy un pobre anciano». Sin embargo, los animales eran tan incapaces de entenderlo a él como él a ellos. No oyeron palabra alguna: únicamente un vago chisporroteo. Quizá fuera mejor que no lo hicieran, porque a ningún perro que yo conozca, y mucho menos a un perro parlante de Narnia, le gusta que

lo llamen «perrito bueno»; igual que a ti tampoco te gustaría que te llamaran «hombrecito mío».

A continuación el tío Andrew cayó redondo al suelo, desvanecido.

—¡Vaya! —dijo un jabalí—. No es más que un árbol. Ya lo decía yo.

Hay que recordar que ellos nunca habían visto desmayarse ni caerse a nadie.

El perro, que había estado olisqueando al tío Andrew de pies a cabeza, alzó el hocico y declaró:

—Es un animal. Sin duda alguna es un animal, y probablemente de la misma clase que aquellos otros.

—No lo entiendo —dijo uno de los osos—. Un animal no se caería redondo al suelo de ese modo. Somos animales y no nos desplomamos. Nos mantenemos en pie. Así. —Se alzó sobre las patas traseras, dio un paso atrás, tropezó con una rama baja y cayó de espaldas cuan largo era.

—¡El tercer chiste, el tercer chiste, el tercer chiste! —exclamó el cuervo muy emocionado.

—Sigo pensando que es una especie de árbol —insistió el jabalí.

—Si es un árbol —dijo el otro oso—, podría haber un nido de abejas en él.

—Estoy seguro de que no es un árbol —declaró

el tejón—. Me dio la impresión de que intentaba hablar antes de desplomarse.

—Fue únicamente el viento en sus ramas —indicó el jabalí.

—¡No querrás decir —dijo el cuervo al tejón— que crees que es un animal «parlante»! No pronunció ni una sola palabra.

—Y sin embargo, no sé —intervino el elefante, que en realidad era una elefanta, pues no hay que olvidar que a su esposo se lo había llevado Aslan con él—, y sin embargo, bueno, podría ser algún tipo de animal. ¿Acaso no podría ser una especie de rostro la protuberancia blanquecina de este extremo? ¿Y no podrían ser dos ojos y una boca esos agujeros? No hay nariz, claro. Pero de todos modos... ejem... no debemos mostrar una mentalidad estrecha. Muy pocos tenemos lo que podría denominarse exactamente una nariz. —Miró de soslayo la extensión de su propia trompa con excusable orgullo.

—Me opongo enérgicamente a ese comentario —protestó el perro.

—La elefanta tiene razón —indicó el tapir.

—¡Os diré qué pienso! —dijo el asno alegremente—. Tal vez sea un animal que no sabe hablar pero que cree que sí sabe.

—¿Podemos ponerlo en pie? —inquirió la elefanta, pensativa.

Agarró suavemente la figura inerte del tío Andrew con la trompa y lo colocó en posición vertical: boca abajo, por desgracia, de modo que dos medios soberanos, tres medias coronas y una moneda de seis peniques cayeron de su bolsillo. No sirvió de nada, de todos modos, y el anciano caballero se limitó a desplomarse otra vez.

—¡Ya lo veis! —exclamaron varias voces—. No es un animal. No está vivo.

—Te digo que sí es un animal —insistió el bulldog—. Huélelo tú mismo.

—Oler no lo es todo —repuso la elefanta.

—Vaya —dijo el perro—, pues si uno no puede confiar en su olfato, ¿en qué va a confiar?

—Bueno, tal vez en su cerebro —respondió ella con suavidad.

—Me opongo enérgicamente a ese comentario —declaró el bulldog.

—Bien, pues debemos hacer algo al respecto —repuso la elefanta—. Porque podría ser la criatura *malada*, y debemos mostrársela a Aslan. ¿Qué piensa la mayoría? ¿Es un animal o una especie de árbol?

—¡Árbol! ¡Árbol! —gritaron una docena de voces.

—Muy bien —asintió la elefanta—. Entonces, si es un árbol necesita que lo planten. Debemos cavar un agujero.

Los dos topos resolvieron aquella parte de la cuestión muy de prisa, y luego tuvo lugar una pequeña polémica sobre en qué sentido había que colocar al tío Andrew en el agujero, y éste se salvó por los pelos de ser colocado boca abajo. Varios animales declararon que sus piernas eran sin duda las ramas y que por lo tanto la cosa gris y esponjosa —en realidad se referían a la cabeza— debía de ser la raíz; sin embargo, otros afirmaron que su extremo ahorquillado era el más enlodado y que se extendía más, como deberían hacer las raíces. Así pues, finalmente lo plantaron de pie, y una vez que hubieron aplastado bien la tierra, ésta le llegó hasta la altura de las rodillas.

—¡Pobrecillo! ¡Mirad qué marchito está! —declaró el asno.

—Desde luego, necesita que lo rieguen —coincidió la elefanta—. Creo que puedo haceros notar, sin ánimo de ofender a ninguno de los presentes, que, tal vez, para esa clase de trabajo una nariz como la que poseo...

—Me opongo enérgicamente a ese comentario —dijo el bulldog.

Pero la elefanta se fue tranquilamente en dirección al río, llenó la trompa de agua y regresó para ocuparse del tío Andrew. El sagaz animal siguió con aquella tarea hasta haberlo rociado con litros

y más litros de agua, y conseguido que el agua
discurriera por los faldones de su levita como si
hubiera tomado un baño con toda la ropa puesta.
Al final, tanta agua lo reanimó, y salió de su des-
vanecimiento. ¡Y qué despertar el suyo! Pero será
mejor que lo dejemos meditando sobre su perver-
sa acción, suponiendo que sea capaz de algo tan
sensato, y volvamos nuestra atención a cuestiones
más importantes.

Fresón trotó con Digory sobre el lomo hasta que
el ruido de los otros animales se extinguió, y por
fin se hallaron muy cerca del grupito formado por
Aslan y los concejales que había elegido. Digory

sabía que de ningún modo podía interrumpir una reunión tan solemne, pero no hubo necesidad de hacerlo. A una palabra de Aslan, el elefante, los cuervos y el resto de animales se hicieron a un lado. Digory descendió del caballo y se encontró cara a cara con el león. Y Aslan era más grande, más hermoso, más reluciente y más terrible de lo que había pensado. No se atrevía a mirarlo a los enormes ojos.

—Por favor... señor león... Aslan... señor —empezó a decir—, podría usted... yo... por favor, ¿me dará alguna fruta mágica de este país para que mi madre se cure?

Había esperado ansiosamente que el león dijera «Sí»; había sentido el horrible temor de que pudiera decir «No». Pero se quedó desconcertado cuando no hizo ninguna de las dos cosas.

—Éste es el muchacho —anunció Aslan, mirando, no a Digory, sino a sus concejales—. Éste es el muchacho que lo hizo.

«Vaya por Dios —pensó él—, ¿qué he hecho ahora?»

—Hijo de Adán —siguió el león—. Hay una bruja malvada paseando por mi nuevo país de Narnia. Di a estas buenas bestias cómo llegó aquí.

Una docena de cosas distintas que podía decir pasaron fugazmente por la mente de Digory, pero tuvo el buen sentido de no decir nada que no fuera la pura verdad.

—Yo la traje, Aslan —respondió en voz baja.

—¿Con qué propósito?

—Quería sacarla de mi mundo y devolverla al suyo. Creí que la conducía de regreso a su casa.

—¿Cómo fue a parar a tu mundo, Hijo de Adán?

—Me... mediante la magia.

El león no dijo nada y Digory comprendió que no había contado suficientes cosas.

—Fue mi tío, Aslan —dijo—. Nos envió fuera de nuestro mundo mediante anillos mágicos, al menos yo tuve que ir porque envió a Polly primero, y luego encontramos a la bruja en un lugar llamado Charn y ella se aferró a nosotros cuando...

—¿Encontrasteis a la bruja? —inquirió Aslan en una voz baja que llevaba en ella la amenaza de un gruñido.

—Despertó —respondió él, desconsolado; y a continuación, palideciendo intensamente—. Quiero decir, la desperté. Porque quería saber qué sucedería si golpeaba la campana. Polly no quería. No fue culpa suya. Peleé con ella. Sé que no debería haberlo hecho. Creo que estaba un poco hechizado por lo que había escrito debajo de la campana.

—¿De verdad? —preguntó Aslan; hablando aún con voz baja y profunda.

—No. Ahora me doy cuenta que no era así. Solamente lo fingía.

Se produjo una larga pausa, durante la cual Digory no dejó de pensar, «Lo he estropeado todo. Ahora ya no hay posibilidad de conseguir nada para ayudar a mi madre».

Cuando el león volvió a hablar, no fue a Digory a quien habló.

—Ya veis, amigos —dijo—, que antes de que el mundo nuevo y puro que os entregué haya cumplido siete horas de vida, una fuerza del mal ha penetrado ya en él; despertada y traída aquí por este Hijo de Adán.

Todos los animales, incluso *Fresón*, clavaron los ojos en Digory hasta conseguir que éste deseara que la tierra se lo tragase.

—Pero no os sintáis abatidos —siguió Aslan, hablando aún a los animales—. Surgirá maldad de ese mal, pero ese momento está aún muy lejano y me encargaré de que lo peor recaiga sobre mi persona. Entretanto, tomemos medidas para que durante muchos cientos de años éste sea un país feliz y un mundo lleno de alegría. Y puesto que la raza de Adán ha causado el daño, la raza de Adán ayudará a repararlo. Acercaos, vosotros dos.

Las últimas palabras iban dirigidas a Polly y al cochero que acababan de llegar. Polly, toda ojos y boca, miraba fijamente a Aslan y sujetaba con fuerza la mano del cochero, quien, tras echar una ojeada al león, se quitó el sombrero hongo: nadie lo había visto aún sin él. Cuando se lo hubo quitado, el hombre adquirió un aspecto más joven y agradable, y más parecido al de un campesino y menos al de un conductor de coches de caballos de Londres.

—Hijo —dijo Aslan al cochero—. Hace tiempo que te conozco. ¿Sabes quién soy?

—Pues, no, señor. Por lo menos, no en el sentido corriente de la palabra. Pero, ahora que lo dice, tengo la impresión, y no sé por qué, de que nos conocemos.

—Eso está bien —repuso el león—. Sabes más de lo que crees saber, y vivirás para conocerme mejor aún. ¿Qué te parece este país?

—Es un lugar magnífico, señor —respondió el cochero.

—¿Te gustaría vivir aquí siempre?

—Bueno, verá, señor, estoy casado. Si mi esposa estuviera aquí, yo diría que ninguno querría volver jamás a Londres. En realidad, los dos somos gente de campo.

Aslan alzó la peluda cabeza, abrió la boca, y

profirió una única y prolongada nota; no muy fuerte, pero llena de poder. A Polly le dio un vuelco el corazón al oírla. Estaba segura de que se trataba de una llamada, y de que cualquiera que oyera aquella llamada querría obedecerla y, lo que es más, sería capaz de hacerlo, por muchos mundos y eras que mediaran. Por lo tanto, aunque la invadía el asombro, no se sintió realmente sorprendida ni sobresaltada cuando de improviso una joven de rostro amable y sincero surgió de la nada y se detuvo a su lado. La niña supo en seguida que se trataba de la esposa del cochero, sacada de nuestro mundo no mediante unos aburridos anillos mágicos, sino de un modo rápido, sencillo y dulce, tal como un ave vuela a su nido. Al parecer, la joven se hallaba en pleno lavado de ropa, pues llevaba puesto un delantal, tenía las mangas enrolladas hasta los codos y había espuma de jabón en sus manos. Si hubiera tenido tiempo de ponerse sus mejores galas —su mejor sombrero lucía cerezas artificiales— habría tenido un aspecto horrible; en cambio tal como estaba, resultaba más bien bonita.

Desde luego la joven pensó que soñaba, y por ese motivo no corrió al encuentro de su esposo y le preguntó qué diablos les había sucedido a ambos. Sin embargo, cuando miró al león ya no se sintió tan segura de que se tratara de un sueño, aunque, por algún motivo, no parecía muy asustada. Luego realizó una media reverencia, del modo en que algunas muchachas del campo las hacían aun en aquellos tiempos, y después se acercó, colocó la mano en la del cochero y se quedó allí mirando a su alrededor con cierta timidez.

—Hijos míos —dijo Aslan, clavando los ojos en ambos—, seréis el primer rey y la primera reina de Narnia.

El cochero abrió la boca asombrado, y su esposa enrojeció violentamente.

—Gobernaréis y pondréis nombre a todas estas criaturas, y haréis justicia entre ellas. También las protegeréis de sus enemigos cuando los enemigos surjan; y surgirán, pues hay una bruja malvada en este mundo.

El cochero tragó saliva con energía dos o tres veces y carraspeó.

En frent de la voluntad de Dios

—Disculpe, señor —dijo—, muchas gracias, de verdad, seguro que mi señora piensa igual que yo, pero no estoy hecho para un empleo como ése. No tengo estudios.

—Bien —replicó Aslan—, ¿sabes usar una pala *shovel*

plow y un arado, y sacar alimentos de la tierra?

—Sí, señor, eso sí sé hacerlo, porque me enseñaron de pequeño.

—¿Puedes gobernar a estas criaturas con bondad e imparcialidad, recordando que no son esclavos como las bestias mudas del mundo en el que naciste, sino animales parlantes y súbditos libres?

—Ya lo creo, señor —respondió el cochero—. Procuraría ser justo con todos.

—¿Y enseñarías a tus hijos y nietos a hacer lo mismo?

—Lo intentaría, señor. Haría todo lo posible, y ella también, ¿no es cierto, Nellie?

—¿Y no tendrías favoritos ni entre tus hijos ni

entre las demás criaturas, ni permitirías que ninguno sometiera a otro o lo tratase mal?

—¡Ni en un millón de años, señor! ¡Pobres de ellos si los pescara haciéndolo! —declaró el cochero, con una voz que durante aquella conversación se había ido tornando más lenta y sonora; más parecida a la voz de campesino que sin duda tenía de muchacho y menos similar a la voz aguda y chillona de un habitante de los suburbios de Londres.

—¿Y si los enemigos atacaran el país, pues aparecerán enemigos, y se produjera una guerra, serías el primero en el ataque y el último en la retirada?

—Bien, señor —respondió el cochero muy despacio—, hay que verse en la situación. A lo mejor soy un poco blandengue porque nunca he peleado de verdad. Pero lo intentaría... bueno, supongo que intentaría... cumplir con mi obligación.

—Si te comportas así —indicó Aslan—, habrás hecho todo lo que debería hacer un rey. Tu coronación se celebrará en seguida. Y tú y tus hijos y nietos seréis bienaventurados, y algunos serán reyes de Narnia, y otros serán reyes de Archenland, que se encuentra allá lejos, al otro lado de las montañas meridionales. Y a ti, hijita —al decir esto se volvió hacia Polly—, te doy la bienvenida.

¿Has perdonado al muchacho por haber usado la fuerza contigo en la Galería de las Imágenes en el sombrío palacio de la execrable Charn?

—Sí, Aslan, hemos hecho las paces —confirmó Polly.

—Eso está bien —dijo el león—. Y ahora vamos a ocuparnos del muchacho.

CAPÍTULO 12

La aventura de Fresón

Digory mantuvo la boca bien cerrada. Cada vez se sentía más incómodo, aunque confiaba en que, sucediera lo que sucediese, no empezaría a lloriquear o hacer algo ridículo.

—Hijo de Adán —dijo Aslan—, ¿estás dispuesto a enmendar el mal que has causado a mi dulce Narnia el mismo día de su nacimiento?

—Bueno, no veo qué puedo hacer —respondió él—. La reina huyó y...

—Pregunto: ¿estás dispuesto? —insistió el león.

—Sí —respondió Digory.

Por un segundo había tenido la loca idea de decir: «Intentaré ayudarte si prometes ayudar a mi madre», pero comprendió a tiempo que el león no era la clase de ser con el que se pueden hacer tales tratos. Sin embargo en cuanto dijo «Sí», pensó en su madre, y en las grandes esperanzas que había albergado, y en cómo se iban desvaneciendo todas ellas, y se le hizo un nudo en la garganta y afloraron lágrimas a sus ojos, y soltó:

—Pero por favor, por favor..., querrás... ¿no puedes darme algo que cure a mi madre?

Hasta aquel momento sus ojos habían estado puestos en las enormes patas del león y las grandes zarpas que tenían; pero entonces, en su desesperación, alzó la vista hacia su rostro. Lo que vio lo sorprendió más que nada en el mundo, pues el rostro leonino estaba inclinado cerca del suyo y —¡oh, gran maravilla!— había enormes lágrimas brillantes en los ojos del león. Eran tan grandes y resplandecientes comparadas con las lágrimas de Digory que, por un momento, el niño creyó que el animal sentía más pena por su madre que él mismo.

—Hijo mío, hijo mío —dijo Aslan—. Lo sé. La pena es muy grande. Únicamente tú y yo en este país lo sabemos por el momento. Vamos a ayudarnos el uno al otro. Pero también debo pensar en cientos de años de la vida de Narnia. La bruja que has traído a este mundo regresará a Narnia. Pero no tiene por qué suceder aún. Es mi deseo plantar en Narnia un árbol al que no se atreverá a acercarse, y ese árbol protegerá al país de ella durante muchos años. De ese modo, esta tierra disfrutará de una larga y brillante mañana antes de que ninguna nube cubra el sol. Tienes que conseguirme la semilla de la que brotará ese árbol.

—Sí, señor —respondió Digory.

No sabía cómo podría hacerlo pero en aquellos momentos se sentía muy seguro de que sería capaz de llevarlo a cabo. El león aspiró con fuerza, inclinó aún más la cabeza y le dio un beso de león. Al instante Digory se sintió imbuido de una nueva energía y valentía.

—Querido hijo —siguió Aslan—, te diré lo que debes hacer. Date la vuelta, mira al oeste y dime qué ves.

—Veo unas montañas enormes, Aslan —respondió Digory—. Veo el río que desciende por los riscos en forma de catarata. Y más allá del acantilado hay elevadas colinas verdes cubiertas de bosques. Y detrás de ellas hay cordilleras más altas aún que casi parecen negras. Y luego, todavía más lejos, hay grandes montañas nevadas todas amontonadas, igual que un dibujo de los Alpes. Y detrás de ésas no hay otra cosa que el cielo.

—Ves bien —indicó el león—. El territorio de Narnia termina allí donde desciende la catarata, y una vez que hayas llegado a lo alto de los acantilados estarás fuera de Narnia y en el interior del Territorio Salvaje del oeste. Debes viajar a través de esas montañas hasta que encuentres un valle verde con un lago azul en su interior, cercado por montañas de hielo. En el extremo del lago hay una empinada colina verde, y en lo alto de esa colina, un jardín. En el centro del jardín hay un árbol. Arranca una manzana de ese árbol y tráemela.

—Sí, señor —volvió a decir Digory.

No tenía la menor idea de cómo escalaría el acantilado y encontraría el camino en medio de todas aquellas montañas, pero no quiso decirlo por temor a que sonara a excusa. Lo que sí dijo fue:

—Aslan, espero que no sea algo muy urgente. No podré ir y volver muy rápido.

—Pequeño Hijo de Adán, tendrás ayuda —respondió el león.

Se volvió entonces hacia el caballo, que había permanecido muy quieto junto a ellos todo el tiempo, sacudiendo la cola para mantener alejadas las moscas, y sin dejar de escuchar con la cabeza ladeada, como si la conversación fuera un poco difícil de comprender.

—Querido amigo —dijo Aslan al caballo—, ¿te gustaría ser un caballo alado?

Fue todo un espectáculo el modo en que el caballo agitó las crines e hinchó los ollares, y después dio un golpecito en el suelo con uno de los cascos traseros. Estaba claro que le encantaría ser un caballo alado, aunque se limitó a responder:

—Si lo deseas, Aslan, si realmente lo dices en serio... no sé por qué debo ser yo..., no soy un caballo muy inteligente.

—He aquí tus alas. Serás el padre de todos los caballos alados —rugió el león con una voz que hizo temblar el suelo—. Tu nombre es Alado.

El caballo dio un respingo, igual que lo había hecho en aquellos deprimentes días en que tiraba de un cabriolé. Luego lanzó un sonoro relincho y echó con fuerza el cuello hacia atrás, como si una mosca le picara en los hombros y quisiera rascárselos. Y entonces, exactamente del mismo modo en que los animales habían surgido de la tierra, brotaron de los hombros de Alado alas que se desplegaron y crecieron, más grandes que las de las águilas, más grandes que las de los cisnes, más grandes que las de los ángeles que aparecen en las vidrieras de las iglesias; y las plumas brillaban con tonalidades castañas y cobrizas. Agitó con fuerza las alas y se elevó en el aire. A seis metros por encima de Aslan y Digory, lanzó un bufido, relinchó y corveteó. Luego, tras efectuar un vuelo en círculo alrededor de ellos, descendió al suelo, con los cuatro cascos juntos y cierta ex-

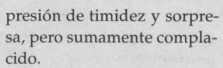

presión de timidez y sorpre-
sa, pero sumamente complacido.

—¿Te gusta, Alado? —pre-
guntó Aslan.

—Me encanta, Aslan.

—¿Estás dispuesto a lle-
var a este pequeño Hijo
de Adán sobre el lomo
hasta el valle de las montañas que he mencionado?

—¿Qué? ¿Ahora? ¿En es-
te momento? —inquirió *Fresón*, o Alado, como debe-
mos llamarlo a partir de ahora—. *hereafter*
¡Hurra! Monta, pequeño, ya he llevado cosas
como tú en el lomo antes. Hace mucho, mucho
tiempo. Cuando había campos de pastos y terrones de azúcar.

—¿Qué murmuran las dos Hijas de Eva? —preguntó Aslan, volviéndose de improviso hacia Polly y la esposa del cochero, que se habían hecho muy amigas.

—Por favor, señor —dijo la reina Helen, pues así se llamaba ahora Nellie, la esposa del cochero—. Creo que a la niña le encantaría acompañarlos, si no es molestia.

—¿Qué tiene que decir Alado al respecto? —inquirió el león.

—Ah, no me importa llevar a los dos, ¡con lo pequeños que son! —respondió el aludido—. Pero espero que el elefante no desee venir también.

El elefante no estaba pensando en eso, así que el nuevo rey de Narnia ayudó a los dos niños a subir: es decir, dio a Digory un buen empujón y colocó a Polly con tanta suavidad y delicadeza sobre el lomo del caballo como si estuviera hecha de porcelana y pudiera romperse.

—Tuyos, *Fresón*... que digo, Alado. ¡Vaya lío!

—No voléis demasiado alto —aconsejó Aslan—. No intentéis pasar por encima de los picos de las enormes montañas de hielo. Buscad los valles, los lugares con vegetación, y volad a través de ellos. Siempre habrá un paso. Y ahora, marchad con mi bendición.

—¡Alado! —dijo Digory, inclinándose al frente

para palmear el lustroso cuello del caballo—. ¡Qué divertido! Sujétate fuerte, Polly.

Al minuto siguiente el suelo quedó atrás por debajo de ellos, y empezó a dar vueltas cuando Alado, como una enorme paloma, describió uno o dos círculos antes de iniciar el largo vuelo hacia el oeste. Al mirar abajo, Polly apenas pudo distinguir al rey y a la reina, e incluso Aslan era solamente una mancha amarilla sobre la hierba verde. Muy pronto el viento sopló en su rostro y las alas del caballo se pusieron a batir el aire con movimientos regulares.

Toda Narnia, con su paisaje multicolor de pastos, rocas, brezos y distintas clases de árboles, se extendió a sus pies, con el río serpenteando por ella como una cinta de mercurio. A su derecha veían más allá de las cumbres de las colinas bajas situadas al norte; detrás de aquellas colinas, un extenso páramo ascendía suavemente hasta la línea del horizonte. A su izquierda las montañas eran mucho más altas, pero de vez en cuando aparecía una abertura por la que se conseguía ver, entre empinados bosques de coníferas, una fugaz visión de las tierras del sur situadas al otro lado, azuladas y lejanas.

—Allí debe de estar Archenland —dijo Polly.

—Sí, ¡pero mira al frente! —indicó Digory.

Pues en aquel momento una enorme barrera de riscos se alzaba ante ellos y se vieron casi deslumbrados por la luz del sol que danzaba en la gran catarata mediante la cual el río descendía entre rugidos y burbujeos al interior de Narnia procedente de las altas tierras del oeste en las que nacía. Volaban tan alto ya que el tronar de aquellos saltos de agua les llegaba únicamente como un sonido débil y apagado, pero no se hallaban a suficiente altura como para volar por encima de las cumbres de los riscos.

—Aquí tendremos que zigzaguear un poco —advirtió Alado—. Sujetaos bien fuerte.

Empezaron a volar a un lado y a otro, elevándose con cada giro. El aire refrescó y oyeron el grito de las águilas por debajo de ellos.

—¡Eh, vuelve la cabeza! ¡Mira hacia atrás! —exclamó Polly.

Al hacerlo pudieron ver todo el valle de Narnia que se extendía hasta donde, junto antes de alcanzar el horizonte oriental, se veía un destello del mar. Y se encontraban entonces a tal altura que distinguieron escarpadas montañas de aspecto diminuto que se alzaban más allá de los páramos del noroeste, y llanuras de lo que parecía arena a lo lejos, en el sur.

—Ojalá tuviéramos a alguien que nos dijera qué son todos esos lugares —dijo Digory.

—No creo que sean ningún sitio aún —indicó Polly—. Quiero decir, allí no vive nadie, y no sucede nada. Este mundo ha nacido hoy.

—Sí, pero con el tiempo la gente los poblará —replicó Digory—. Y entonces tendrán historia, ya sabes.

—Bueno, pues es estupendo que de momento no la tengan. Porque así no pueden obligar a nadie a que se la aprenda. Batallas y fechas y todas esas tonterías.

Se encontraban ya por encima de los acantilados y en unos minutos el valle de Narnia desapareció de la vista, a sus espaldas. En aquellos instantes volaban por encima de un territorio salvaje de colinas empinadas y bosques oscuros, siguiendo aún el curso del río. Las montañas grandes de verdad se elevaban amenazadoras al frente; pero entonces el sol daba en los ojos de los viajeros y éstos no podían ver las cosas con demasiada claridad en aquella dirección. El sol siguió descendiendo hasta que el cielo occidental pareció un enorme horno lleno de oro fundido; y se puso por fin tras un escarpado pico que se perfilaba en aquella luminosidad tan nítido y plano como si estuviera recortado en una cartulina.

—No es que haga mucho calor aquí arriba —comentó Polly.

—Y empiezan a dolerme las alas —dijo Alado—. No se ve ni rastro del valle con un lago en su interior, tal como dijo Aslan. ¿Y si descendemos y buscamos un lugar adecuado para pasar la noche? Hoy no llegaremos a ese lugar.

—Sí, y sin duda debe de ser ya hora de cenar —dijo Digory.

Así pues, Alado descendió poco a poco y, a medida que se acercaban a la tierra y penetraban entre las colinas, el aire se tornó más cálido y tras viajar tantas horas sin tener nada que escuchar aparte del batir de las alas del caballo, resultó agradable oír otra vez los familiares sonidos de tierra firme; el canturreo del río sobre su lecho de piedra y el crujido de los árboles mecidos por la suave brisa. Un cálido y agradable olor a tierra calentada por el sol y a hierba y flores ascendió hasta ellos. Finalmente Alado tomó tierra, y Digory saltó al suelo y ayudó a Polly a desmontar. Ambos se alegraron de estirar las entumecidas piernas.

El valle al que habían descendido se encontraba en el corazón de las montañas; cumbres nevadas, una de ellas con una tonalidad entre rosa y rojiza por el reflejo de la puesta de sol, se alzaban por encima de sus cabezas.

—Tengo hambre —dijo Digory.

—Bueno, pues sírvete —indicó Alado, tomando un gran bocado de hierba.

A continuación alzó la cabeza, masticando aún y con briznas de hierba sobresaliendo a cada lado de la boca como si fueran bigotes, y añadió:

—Vamos, vosotros dos. No seáis tímidos. Hay cantidad suficiente para todos nosotros.

—Pero no podemos comer hierba —se quejó Digory.

—Hum, hum —respondió el caballo, que hablaba con la boca llena—. Bueno... hum... pues no sé qué haréis entonces. Además, es una hierba muy buena.

Polly y Digory intercambiaron miradas de desaliento.

—Vaya, alguien podría haber pensado en la comida —declaró el niño.

—Estoy segura de que Aslan os habría preparado algo si se lo hubierais pedido —dijo el caballo.

—¿No se le podía ocurrir a él solo? —inquirió Polly.

—Yo no digo que no se le ocurriera —repuso el caballo, con la boca todavía llena—. Pero tengo la impresión de que le gusta que le pidan las cosas.

—Pero ¿qué diablos vamos a hacer? —quiso saber Digory.

—La verdad es que no lo sé —respondió Alado—. A menos que probéis la hierba. A lo mejor os gusta más de lo que pensáis.

—¡No seas ridículo! —dijo Polly, golpeando el suelo con el pie—. Está claro que los humanos no podemos comer hierba, del mismo modo que tú no puedes comer carne de cordero.

—¡Por Dios, no hables de carne ni cosas así! —protestó Digory—. ¡Se me hace la boca agua!

Digory dijo que lo mejor sería que Polly regresara a casa con la ayuda del anillo y consiguiera algo de comer allí; él no podía hacerlo porque había prometido cumplir directamente las instrucciones de Aslan y, si aparecía una vez por casa, podía suceder cualquier cosa que impidiera su regreso. Pero Polly dijo que no pensaba abandonarlo, y el niño respondió que eso era algo muy decente por su parte.

—¿Sabes qué? —dijo Polly—. Todavía tengo los restos de aquella bolsa de caramelos en la chaqueta. Será mejor que nada.

—Mucho mejor —convino Digory—. Pero ten cuidado de introducir la mano en el bolsillo sin tocar el anillo.

Fue una tarea difícil y delicada pero finalmente consiguieron llevarla a cabo. La pequeña bolsa de papel estaba muy blanda y pegajosa cuando por fin la sacaron, de modo que fue más una cuestión

de arrancar la bolsa de los caramelos que de sacar los caramelos de la bolsa. Algunos adultos —ya se sabe lo quisquillosos que pueden ser con esta clase de cosas— habrían preferido pasar sin cenar antes que comer aquellos caramelos. Había nueve en total, y fue Digory quien tuvo la brillante idea de que comieran cuatro cada uno y plantaran el noveno; pues, como dijo:

—Si la barra arrancada del farol se convirtió en un arbolito de luz, ¿por qué no podría esto convertirse en un árbol de caramelo?

Así pues, abrieron un agujerito en la tierra y enterraron el caramelo. Luego se comieron los otros, haciéndolos durar todo lo que pudieron. Fue una comida más que ligera, ¡y eso que comieron también algún trocito de papel que no pudieron despegar!

Alado se acostó en el suelo una vez finalizada su excelente cena. Los niños se le acercaron entonces y se sentaron uno a cada lado, apoyados contra su cálido cuerpo, sintiéndose realmente a gusto cuando él los tapó con las alas. Mientras las brillantes y jóvenes estrellas de aquel mundo nuevo hacían su aparición se dedicaron a conversar sobre todo lo sucedido: cómo Digory había esperado conseguir algo para su madre y cómo, en su lugar, lo habían enviado a realizar aquel encargo. Y se repitieron el uno al otro todas las señales por las que identificarían los lugares que buscaban, que eran el lago azul y la colina con un jardín en la cumbre. La conversación empezaba a hacerse más lenta a medida que se adormilaban, cuando de improviso Polly se sentó muy erguida y totalmente espabilada y dijo:

—¡Chist!

Todos aguzaron el oído cuanto pudieron.

—A lo mejor sólo era el viento que sopla en los árboles —sugirió Digory al rato.

—No estoy tan seguro —dijo Alado—. De todos modos... ¡esperad! Ahí va otra vez. Por Aslan, sí que hay algo.

El caballo se incorporó con mucho ruido y una gran agitación; los niños estaban ya en pie y observaban. El animal trotó a un lado y a otro, olis-

queando y relinchando, mientras los niños avanzaban sigilosamente aquí y allá para mirar detrás
de todos los árboles y matorrales. A cada momento pensaban que veían algo, y hubo una ocasión
en que Polly estuvo totalmente segura de haber
visto una figura alta y oscura que se alejaba rápidamente y en silencio en dirección oeste. De todos
modos no consiguieron descubrir nada y al final
Alado se acostó de nuevo y los niños volvieron a
acomodarse —si ésa es la palabra correcta— bajo
sus alas. Se durmieron de inmediato. Alado permaneció despierto mucho más tiempo, moviendo
las orejas de un lado a otro en la oscuridad y estre-
meciéndose ligeramente de vez en cuando, como
si una mosca se hubiera posado sobre su piel;
pero, finalmente, también él se durmió.

CAPÍTULO 13

Un encuentro inesperado

—Despierta, Digory; despierta, Alado —oyeron decir a Polly—. ¡Es verdad! ¡Se ha convertido en un árbol de caramelo! Y hace una mañana deliciosa.

La suave luz temprana del sol penetraba a raudales a través del bosque y la hierba mostraba un tono gris debido al rocío mientras que las telarañas eran como hilos de plata. Justo a su lado había un pequeño árbol de madera oscura, aproximadamente del tamaño de un manzano. Las hojas eran blanquecinas y con aspecto de papel, como la planta llamada lunaria, y estaba cargado de pequeños frutos marrones que recordaban dátiles.

—¡Hurra! —chilló Digory—. Pero voy a darme un chapuzón primero. —Y atravesó a toda velocidad unos cuantos matorrales floridos en dirección a la orilla del río.

¿Te has bañado alguna vez en un río de montaña que discurre en forma de cascadas superficiales sobre piedras rojas, azules y amarillas con los rayos del sol cayendo sobre sus aguas? Es como si fuera el mar: en cierto modo, incluso mejor. Lo malo es que Digory tuvo que volver a vestirse sin secarse pero valió la pena. Cuando regresó, fue Polly quién bajó y se dio un baño; al menos eso fue lo que dijo que había estado haciendo, pero nosotros sabemos que no era demasiado buena nadadora y tal vez sea mejor no hacer demasiadas preguntas. Alado también visitó el río pero se limitó a permanecer inmóvil en mitad de la corriente, inclinándose para tomar un buen trago de agua y agitando luego las crines mientras relinchaba varias veces.

Polly y Digory se pusieron a almacenar la cosecha del árbol de caramelo. La fruta era deliciosa; no era exactamente igual que un caramelo —más blanda, en primer lugar, y jugosa— sino una fruta que recordaba un caramelo. Alado también tomó un excelente desayuno; probó una de las frutas de caramelo y le gustó, pero dijo que prefería la hierba a aquella hora de la mañana. A continuación, y con cierta dificultad, los niños montaron sobre su lomo y se inició el segundo viaje.

Fue aún mejor que el día anterior, en parte porque todos se sentían muy descansados, y en parte porque el sol que acababa de salir se hallaba a sus espaldas y, claro está, todo muestra un aspecto más bonito cuando la luz lo ilumina sin cegar. *to blind*

Fue un paseo maravilloso. Las enormes montañas nevadas se alzaban por encima de sus cabezas en todas direcciones. Los valles, abajo, a sus pies, eran sumamente verdes, y todos los arroyos que caían desde los glaciares al interior del río principal eran tan azules que era como volar sobre alha- *jewelry* jas gigantescas. Les habría gustado que aquella parte de la aventura durara más; pero no tardaron

to sniff, smell

en olfatear el aire y empezar a decir: «¿Qué es esto?» y «¿No hueles algo?» y «¿De dónde viene?». Un aroma divino, cálido y dorado, como si proviniera de las frutas y flores más deliciosas del mundo, ascendía hasta ellos desde algún punto situado más adelante.

—Procede de ese valle que tiene un lago —indicó Alado.

—Es cierto —corroboró Digory—. ¡Y mirad! Hay una colina verde en el extremo opuesto del lago. Y fijaos en lo azul que es el agua.

—Ése debe de ser el Lugar —dijeron los tres a la vez.

Alado empezó a descender poco a poco en amplios círculos. Los picos helados se fueron alzando más y más sobre sus cabezas, y el aire les llegó más cálido y fragante por momentos, tan fragante que casi arrancaba lágrimas de los ojos. El caballo planeó entonces con las alas extendidas e inmóviles, y agitaba los cascos en preparación para el aterrizaje en tierra firme. La empinada colina verde corrió veloz a su encuentro y en unos instantes se posaron en su ladera, no sin cierta torpeza. Los niños saltaron de su montura, cayeron sin hacerse daño sobre la cálida y delicada hierba y se pusieron en pie algo jadeantes.

Les quedaba sólo una cuarta parte del camino para llegar a lo alto de la colina, y emprendieron la marcha inmediatamente para alcanzar la cumbre; aunque, en mi opinión, Alado no habría logrado subir sin las alas, que lo ayudaban a mantener el equilibrio y lo impulsaban con un aleteo de vez en cuando. Toda la parte superior de la colina estaba rodeada por un gran muro de verde hiedra, y al otro lado de la pared crecían árboles. Sus ramas colgaban por encima del muro, y las hojas no sólo eran de color verde sino también de color azul y plata cuando el viento las agitaba. Una vez que alcanzaron la cima, los viajeros tuvieron que dar la vuelta a casi todo el perímetro del muro verde antes de encontrar las puertas: grandes portones de oro, cerrados a cal y canto, que miraban al este.

Hasta aquel momento creo que Alado y Polly habían tenido la idea de que entrarían con Digory; pero entonces ya no pensaron lo mismo. Si había una propiedad privada en el mundo, era ésa. A simple vista se veía que pertenecía a alguien. Únicamente un tonto soñaría con entrar a menos que lo hubieran enviado allí por un asunto muy especial. El mismo Digory comprendió al momento que los otros no debían ni podían entrar con él, de modo que avanzó solo hacia las puertas.

Cuando las tuvo cerca vio las palabras escritas con letras de plata sobre las puertas de oro. Decían algo parecido a esto:

Entra por las puertas de oro o no entres,
toma mi fruta para otros o abstente,
pues aquellos que roban o que mis muros escalan,
junto a lo que buscan, la desesperación hallan.

—«Toma mi fruta para otros» —dijo Digory para sí—. Vaya, pues eso es lo que voy a hacer. Supongo que eso significa que no debo comer ninguna fruta. No sé qué significa toda esa palabrería de la última línea. «Entra por las puertas de oro.» Vaya, ¡quién va a querer escalar una pared si puede entrar por la puerta! Pero ¿cómo se abren las puertas? —Apoyó la mano en ellas y las puertas se separaron, abriéndose hacia dentro y girando sobre sus goznes sin hacer el menor ruido.

Ahora que veía el interior del lugar, éste parecía más privado que nunca. Entró solemnemente, mirando a su alrededor. Todo estaba muy tranquilo allí dentro. Incluso la fuente que se alzaba cerca del centro del jardín emitía un sonido apenas audible. El embriagador olor estaba por todas partes: era un lugar feliz pero muy formal.

Supo cuál era el árbol correcto al instante, por una parte porque se alzaba justo en el centro y por otra porque las grandes manzanas plateadas que lo cubrían brillaban con fuerza y proyectaban una luz propia sobre las zonas de sombra que no

alcanzaban los rayos del sol. Fue directo hacia él, tomó una manzana y la guardó en el bolsillo superior de su chaqueta; aunque no pudo evitar contemplarla y olerla antes de guardarla.

Habría sido mejor que no lo hubiese hecho, pues una sed y un hambre terribles se apoderaron de él, junto con un ansia de probar aquella fruta. La introdujo a toda prisa en el bolsillo; pero había muchas otras. ¿Estaría mal probar una? Al fin y al cabo, se dijo, tal vez el aviso de la puerta no fuera exactamente una orden; quizá se tratase únicamente de un consejo... y ¿a quién le importan los consejos? Incluso aunque se tratara de una orden, ¿la estaría desobedeciendo si comía una manzana? Ya había obedecido la parte que se refería a tomar una «para otros».

Mientras meditaba sobre todo aquello dio la casualidad de que miró a lo alto a través de las ramas en dirección a la copa del árbol. Allí, sobre una rama situada encima de su cabeza, dormitaba una hermosa ave. Digo «dormitaba» porque parecía casi dormida; tal vez no del todo, pues tenía un ojo abierto, apenas una diminuta rendija. Era más grande que un águila, con el pecho de color azafrán, la cabeza coronada por una cresta escarlata y la cola de color morado.

«—Y eso sencillamente demuestra —dijo Digory más tarde cuando se lo contó a sus compañeros— que uno no puede bajar la guardia en estos lugares mágicos. Nunca se sabe quién puede estar observando.»

Pero creo que Digory no habría tomado una manzana para sí de todos modos. Cosas como «No robar» eran inculcadas en los niños, creo, con mucha más severidad en aquellos tiempos que ahora. Con todo, nunca se puede estar seguro.

Digory giraba ya para regresar a las puertas cuando se detuvo para echar una última ojeada a su alrededor. Se llevó un gran sobresalto. No estaba solo. Allí, apenas a unos pocos metros de distancia, estaba la bruja, que en aquellos momentos arrojaba al suelo el corazón de una manzana que acababa de comerse. El jugo era más oscuro de lo que cabría esperar y le había dejado una horrible mancha alrededor de la boca. Digory supuso al instante que debía de haber entrado trepando por encima del muro, y empezó a comprender qué podía significar aquel último verso sobre obtener lo que más deseas y encontrar a la vez la desesperación. La bruja parecía más poderosa y orgullosa que nunca, e incluso, en cierto modo, triunfante; pero su rostro mostraba una palidez cadavérica, estaba blanca como la sal.

Todo aquello pasó como un relámpago por la

mente de Digory en un segundo; luego puso pies en polvorosa y corrió en dirección a las puertas a toda velocidad; la bruja fue tras él. En cuanto salió, las puertas se cerraron a su espalda por sí solas. Aquello le proporcionó una ventaja pero no durante mucho tiempo. Para cuando alcanzó a los otros y les gritó: «¡De prisa, monta, Polly! ¡Arriba, Alado!», la bruja ya había escalado el muro, o saltado por encima, y le pisaba los talones.

—Quédese donde está —gritó Digory, volviéndose para mirarla—, o desapareceremos todos. No se acerque ni un centímetro.

—¡Niño estúpido! —dijo la bruja—. ¿Por qué huyes de mí? No quiero hacerte daño. Si no te detienes y me escuchas ahora, te perderás una información que podría hacerte feliz toda la vida.

—Bueno, pues no quiero oírla, gracias —respondió él; pero sí quería.

—Sé qué te ha traído aquí —prosiguió la bruja—, porque era yo quien estaba muy cerca de vosotros en el bosque anoche y oí todos vuestros secretos. Te has llevado fruta de ese jardín de ahí. La guardas en el bolsillo ahora y vas a llevársela, sin probarla, al león; para que él se la coma, para que él la utilice. ¡Eres un estúpido! ¿Sabes qué es esa fruta? Te lo diré. Es la manzana de la juventud, la manzana de la vida. Lo sé porque la he probado; y noto ya esos cambios en mí misma que sé que jamás envejeceré ni moriré. Cómetela, muchacho, cómetela; y tú y yo viviremos para siempre y seremos el rey y la reina de todo este mundo..., o de tu mundo, si decidimos regresar allí.

—No, gracias —respondió Digory—. No sé si me gustaría mucho seguir viviendo después de que todos los que conozco hubieran muerto. Prefiero vivir el tiempo habitual y morir e ir al cielo.

—Pero ¿qué pasa con esta madre tuya a la que dices querer tanto?

—¿Qué tiene que ver ella con esto?

—¿No te das cuenta, estúpido, de que un mordisco de esa manzana la curaría? La tienes en el bolsillo. Estamos aquí solos y el león está muy lejos. Usa tu magia y regresa a tu mundo. Dentro de un minuto podrías estar junto a la cabecera de tu madre, dándole la fruta. Al cabo de cinco minutos verás como el color regresa a su rostro. Te dirá que el dolor ha desaparecido y no tardará en decirte que se siente más fuerte. Entonces se dormirá... piensa en ello; horas de dulce sueño natural, sin dolor, sin medicamentos. Al día siguiente todos comentarán el modo tan maravilloso en que se ha recuperado, y muy pronto volverá a encontrarse bien del todo. Todo volverá a estar bien. Tu hogar volverá a ser feliz. Serás como los demás muchachos.

—¡Vaya! —exclamó Digory como si lo hubieran herido, y se llevó la mano a la cabeza; en aquel momento supo que tenía ante él el más terrible de los dilemas.

—¿Qué ha hecho el león por ti para que te conviertas en su esclavo? —inquirió la bruja—. ¿Qué puede hacerte una vez que hayas regresado a tu mundo? ¿Y qué pensaría tu madre si supiera que «podías» haberle quitado el dolor y devuelto la vida y evitado que a tu padre se le partiera el corazón, y que no «quisiste»; que preferiste hacer recados para un animal salvaje en un mundo extraño que no te incumbe?

—No... no creo que sea un animal salvaje —dijo Digory con voz reseca—. Es... no sé...

—Entonces es algo peor —insistió la bruja—. Mira lo que te ha hecho ya; mira en lo despiadado que te ha convertido. Eso es lo que hace con todos los que le escuchan. ¡Muchacho cruel y desalmado! Dejarías morir a tu madre antes que...

—¡Por favor, cállese! —espetó el desdichado Digory, todavía con la misma voz—. ¿Cree que no me doy cuenta? Pero... lo prometí.

—Ah, pero no sabías lo que prometías. Y no hay nadie aquí que pueda impedírtelo.

—A mi madre —dijo él, pronunciando las palabras con dificultad— no le gustaría..., es terriblemente estricta con lo de cumplir las promesas... y lo de no robar... y con todas esas cosas. Si estuviera aquí, «ella» me diría que no lo hiciera, sin pensárselo.

—Pero no tiene por qué saberlo nunca —siguió la bruja, hablando con más dulzura de la que correspondía a alguien con un rostro tan feroz—. Tú no le dirás cómo has conseguido la manzana. Tu padre tampoco tiene por qué saberlo nunca. Nadie en tu mundo tiene por qué saber nada de toda esta historia. No tienes por qué llevar a la niña de vuelta contigo, ¿sabes?

Ahí fue donde la bruja cometió su fatal error. Desde luego, Digory sabía que Polly podía marcharse gracias a su anillo con la misma facilidad con que él podía hacerlo con el suyo; pero, al parecer, la bruja no lo sabía. Y lo ruin de la sugerencia de que debía dejar a Polly allí de repente hizo que todas las otras cosas que la mujer le había dicho sonasen falsas y sin sentido. E incluso en medio de toda su desdicha, su mente se aclaró de improviso, y dijo, con una voz diferente y mucho más potente:

—Oiga, ¿usted qué hace aquí? ¿Por qué siente tanto cariño por mi madre tan de repente? ¿Qué tiene eso que ver con usted? ¿A qué juega?

—Muy bien dicho, Digory —musitó Polly en su oído—. ¡Rápido! Vámonos ya.

La niña no se había atrevido a decir nada durante la discusión porque, naturalmente, no era su madre quien se estaba muriendo.

—Arriba, pues —dijo Digory, izándola sobre el lomo de Alado y subiéndose luego él tan rápido como le fue posible.

El caballo desplegó las alas.

—Marchaos pues, estúpidos —chilló la bruja—. ¡Piensa en mí, muchacho, cuando te veas viejo, débil y moribundo, y recuerda cómo desperdiciaste la oportunidad de una juventud eterna! No se te volverá a ofrecer.

Estaban ya tan altos que apenas la oían. Tampoco malgastó tiempo la bruja en alzar los ojos para mirarlos; vieron cómo se ponía en camino hacia el norte descendiendo por la ladera de la colina.

Se habían puesto en marcha temprano aquella mañana y lo sucedido en el jardín no había durado demasiado tiempo, de modo que tanto Alado como Polly dijeron que sin duda estarían de vuelta en Narnia antes del anochecer. Digory no dijo ni palabra en todo el camino de regreso, y sus compañeros no se atrevieron a hablarle. El niño se sentía muy triste y ni siquiera estaba seguro de haber hecho lo correcto; pero cada vez que recordaba las brillantes lágrimas de los ojos de Aslan recuperaba la seguridad.

Durante todo el día, el caballo voló sin parar con alas incansables; siempre al este con el río como guía, a través de montañas y por encima de agrestes colinas cubiertas de árboles, y luego sobre la gran catarata y descendiendo más y más, en dirección al punto donde los bosques de Narnia quedaban oscurecidos por la sombra del imponente risco, hasta que por fin, cuando el cielo enrojecía ya con el crepúsculo tras ellos, vio un lugar en el que estaban reunidas muchas criaturas junto al río. Pronto distinguió a Aslan en persona en medio de todas ellas. Alado planeó en dirección al suelo, extendió las cuatro patas, plegó las alas y aterrizó al trote. Luego frenó. Los niños desmontaron. Digory vio que todos los animales, enanos, sátiros, ninfas y otros seres se apartaban a izquierda y derecha para dejarle paso. Avanzó hacia Aslan, le entregó la manzana y dijo:

—Le he traído la manzana que quería, señor.

CAPÍTULO 14

Se planta el árbol

—Bien hecho —lo felicitó Aslan con una voz que hizo temblar la tierra.

En aquel momento Digory supo que todos los narnianos habían oído las palabras y que su historia pasaría de padres a hijos en aquel nuevo mundo durante cientos de años y tal vez para siempre. Sin embargo, no había peligro de que eso lo volviera un engreído, pues ni siquiera pensaba en ello ahora que se hallaba cara a cara con Aslan. En aquella ocasión descubrió que podía mirar directamente a los ojos del león; había olvidado sus preocupaciones y se sentía totalmente complacido.

—Bien hecho, Hijo de Adán —repitió el león—. Por esta fruta has pasado hambre y sed, y has llorado. Ninguna mano que no sea la tuya sembrará la semilla del árbol que protegerá Narnia. Arroja la manzana en dirección a la orilla del río donde la tierra es blanda.

Digory hizo lo que le indicaba Aslan. Todos se habían quedado tan silenciosos que se oyó cómo la fruta producía un ruido sordo al caer en el barro.

—La has lanzado bien —proclamó Aslan—. Procedamos ahora a la coronación del rey Frank de Narnia y de Helen, su reina.

Los niños advirtieron entonces su presencia por vez primera. Iban vestidos con ropas extrañas y hermosas, y de sus hombros caían lujosos mantos que se extendían a sus espaldas hasta donde cuatro enanos sostenían la cola del rey y cuatro ninfas del río la de la reina. Llevaban la cabeza descubierta, pero Helen se había soltado el pelo y mejorado enormemente su aspecto. Sin embargo no eran ni el pelo ni el atuendo lo que les daba un aspecto distinto; sus rostros mostraban una expresión nueva, en especial el del rey. Toda la severidad, astucia y carácter pendenciero que había adquirido como cochero en Londres parecían haber sido eliminados, y el valor y la amabilidad que siempre había tenido resultaban más fáciles de distinguir. Tal vez fuera la atmósfera del joven mundo la que lo había conseguido, o hablar con Aslan, o ambas cosas.

—¡Caramba! —susurró Alado a Polly—. ¡Mi antiguo amo ha cambiado casi tanto como yo! Vaya, ahora sí que es un auténtico señor.

—Sí, pero no murmures así en mi oído —se quejó ella—. Me haces cosquillas.

—Ahora —anunció Aslan—, que algunos de vosotros desaten la maraña que habéis hecho con esos árboles y veamos qué encontramos ahí.

Digory vio entonces que en un lugar donde crecían cuatro árboles muy juntos se habían entrelazado sus ramas o las habían atado con varillas para crear una especie de jaula. Los dos elefantes con sus trompas y unos cuantos enanos con sus pequeñas hachas no tardaron en deshacerlo todo. Había tres cosas en su interior. Una era un árbol joven que parecía hecho de oro; la segunda, un árbol joven que parecía hecho de plata; pero la tercera era un objeto miserable con ropas embarradas, que permanecía sentado, encorvado, entre ellos.

—¡Cielos! —musitó Digory—. ¡El tío Andrew!

Para explicar todo eso debemos retroceder un poco. Los animales, como se recordará, habían intentado plantarlo y regarlo. Cuando el riego le devolvió el conocimiento, el anciano se encontró empapado de agua, enterrado hasta los muslos en tierra que rápidamente se convertía en barro, y rodeado de más animales salvajes de lo que jamás

había soñado. No resulta por lo tanto nada sorprendente que el anciano caballero se pusiera a
chillar y aullar; aunque en cierto modo aquello fue
bueno para él, pues al fin consiguió persuadir a
todo el mundo —incluido el jabalí— de que estaba
vivo. Así pues lo habían vuelto a desenterrar; los

pantalones habían quedado en un estado franca-
mente lastimoso tras aquella experiencia. En cuanto sus piernas quedaron libres intentó salir huyendo, pero un veloz giro de la trompa de la elefanta
alrededor de su cintura no tardó en poner fin a tal
intentona. Todos pensaron entonces que había que

mantenerlo a buen recaudo en algún lugar hasta
que Aslan tuviera tiempo de acercarse, verlo y
decir qué debía hacerse con él. Así pues, constru-
yeron una especie de jaula o corral a su alrededor,
y a continuación le ofrecieron todo lo que se les
ocurrió para que comiera.

El asno reunió grandes cantidades de cardos y
los arrojó al interior, pero el tío Andrew no parecía
muy emocionado con ellos. Las ardillas lo bom-
bardearon con andanadas de nueces, pero él se
limitó a cubrirse la cabeza con las manos y a
intentar mantenerse alejado. Varios pájaros vola-
ron a un lado y a otro arrojándole gusanos dili-
gentemente. El oso se mostró especialmente amable. Durante la tarde encontró un panal de abejas
salvajes y en lugar de comérselo —algo que le
habría encantado hacer—, la noble criatura se lo
llevó al tío Andrew. El oso lanzó la pegajosa masa
por encima del cercado y, por desgracia, ésta fue a
golpear de lleno al tío Andrew en el rostro, con el
agravante de que no todas las abejas estaban
muertas. El animal, al que no habría importado en
absoluto que le arrojaran a la cara un panal, no
comprendió por qué el tío Andrew retrocedió
tambaleándose, resbaló y cayó sentado al suelo. Y
también fue mala suerte que el buen señor fuera a
caer sobre el montón de cardos. «Y de todos

modos —como dijo el jabalí—, una buena cantidad de miel ha ido a parar a la boca del extraño
ser y seguro que le ha sentado bien.» Realmente
todos empezaban a sentir cariño por su curiosa
mascota y esperaban que Aslan les permitiera
conservarla. Los más listos estaban convencidos
de que al menos algunos de los ruidos que sur-
gían de su boca tenían significado, y lo bautizaron
con el nombre de Coñac porque era un sonido que
emitía bastante a menudo.

Al final, no obstante, tuvieron que dejarlo allí
hasta la mañana siguiente. Aslan estuvo ocupado
todo el día dando instrucciones al nuevo rey y la
nueva reina y realizando otras tareas de importancia, y no pudo prestar atención al «pobre Coñac».
De todos modos éste, entre las nueces, peras, manzanas y plátanos que le habían lanzado, disfrutó
de una cena nada desdeñable; aunque no sería justo afirmar que pasó una noche plácida.

—Sacad a la criatura —ordenó Aslan.

Uno de los elefantes levantó al tío Andrew con
la trompa y lo colocó a los pies del león. El anciano caballero estaba tan asustado que ni se movió.

—Por favor, Aslan —dijo Polly—. ¿Podrías decir algo para... para que dejara de tener miedo?
¿Y luego podrías decir algo que le impidiera volver aquí jamás?

—¿Crees que desea hacerlo? —inquirió el león.

—Bueno, Aslan —siguió la niña—, podría enviar a otra persona. Está tan emocionado porque la barra arrancada al farol se ha convertido en un árbol farol que piensa que...

—Piensa grandes disparates, chiquilla —respondió Aslan—. Este mundo rebosa vida estos días porque la canción que usé para darle vida todavía flota en el aire y retumba en el suelo. Eso no durará mucho tiempo. Pero no puedo decírselo a este viejo pecador, y tampoco puedo consolarlo; por su propia voluntad, se ha vuelto incapaz de oír mi voz. Si le hablo, no oirá más que rugidos y gruñidos. Oh, Hijos de Adán, ¡con qué habilidad os defendéis de todo lo que os puede hacer bien! Sin embargo le concederé el único don que todavía es capaz de recibir.

Inclinó la cabeza con cierta tristeza y sopló suavemente sobre el aterrorizado rostro del mago:

—Duerme —dijo—. Duerme y permanece separado durante unas cuantas horas de todos los tormentos que has concebido para ti mismo.

El tío Andrew se acostó inmediatamente con los ojos cerrados y empezó a respirar apaciblemente.

—Llevadlo a un lado y depositadlo en el suelo —indicó Aslan—. Bien, ¡qué vengan los enanos!

Mostrad vuestra destreza como herreros. Veamos cómo creáis dos coronas para vuestros reyes.

Más enanos de los que uno pueda imaginar se abalanzaron sobre el Árbol Dorado. Lo despojaron de todas sus hojas y también de algunas de sus ramas en menos que canta un gallo, y entonces los niños descubrieron que no sólo parecía de oro sino que era de auténtico oro blando. En realidad había brotado a partir de las monedas de diez chelines que habían caído del bolsillo del tío Andrew cuando lo colocaron boca abajo; del mismo modo que el de plata había crecido de las medias coronas. De la nada, al menos ésa fue la impresión que dio, surgieron montones de leña seca para servir de combustible, un pequeño yunque, martillos, tenazas y fuelles, y al cabo de un instante —¡hay que ver lo que les gusta su trabajo a los enanos!— ardía un buen fuego, rugían los fuelles, el oro se fundía y los martillos repiqueteaban. Dos topos, a los que Aslan había puesto a cavar a primera hora del día, pues era lo que hacían mejor, derramaron un montón de piedras preciosas a los pies de los enanos, y bajo los hábiles dedos de los menudos herreros tomaron forma dos coronas; no se trataba de objetos feos y pesados como las modernas coronas europeas, sino ligeros y delicados aros bellamente moldea-

dos y cómodos de llevar, que, además, favorecían mucho. La del rey estaba incrustada de rubíes y la de la reina de esmeraldas.

Una vez que hubieron enfriado las coronas en el río, Aslan hizo que Frank y Helen se arrodillaran ante él y colocó las coronas en la cabeza de los soberanos. Luego dijo:

—Alzaos, rey y reina de Narnia, padre y madre de muchos reyes que reinarán en Narnia, en las Islas y en Archenland. Sed justos, compasivos y valerosos. Os doy mi bendición.

Entonces, todos lanzaron aclamaciones, aullaron, relincharon, bramaron o batieron las alas, y la real pareja permaneció allí inmóvil con expresión solemne y un poco tímida, pero más noble aún por aquella timidez. Y mientras seguían lanzando aclamaciones, Digory oyó la profunda voz de Aslan a su lado, que decía:

—¡Mirad!

Todos los reunidos volvieron la cabeza, y a continuación aspiraron profundamente, sorprendidos y gozosos. Un poco más allá, alzándose sobre sus cabezas, vieron un árbol que, desde luego, no estaba allí antes. Debía de haber crecido en silencio, aunque igual de rápido que se alza una bandera cuando se iza en el asta, mientras se hallaban todos ocupados con la coronación. Las extendidas ramas parecían proyectar una luz en lugar de una sombra, y manzanas plateadas asomaban como estrellas por debajo de cada hoja; pero era el olor que desprendía, incluso más que su visión, lo que había hecho que todo el mundo contuviera la respiración. Por un momento todos eran incapaces de pensar en otra cosa.

—Hijo de Adán —dijo Aslan—, has sembrado bien. Y vosotros, narnianos, que sea vuestra primera preocupación custodiar este árbol, ya que es vuestra protección. La bruja de quien os hablé ha huido al norte del mundo; vivirá allí a través de los tiempos, y su oscura magia será cada vez más poderosa. Sin embargo, mientras ese árbol florezca, jamás vendrá a Narnia. No se atreverá a acercarse a menos de doscientos kilómetros del árbol, pues su aroma, que es fuente de alegría, vida y salud para vosotros, es muerte, horror y desesperación para ella.

Todos contemplaban solemnemente el árbol cuando el león giró de improviso la cabeza, derramando destellos de luz desde la melena al hacerlo, y clavó sus enormes ojos en los niños.

—¿Qué sucede, niños? —preguntó, pues los descubrió intercambiando susurros y codazos.

—Eh... Aslan, señor —respondió Digory, enrojeciendo—. Olvidé decírtelo. La bruja ya ha probado las manzanas, ha comido una como la que hizo crecer ese árbol.

No había dicho en realidad todo lo que pensaba, pero Polly lo dijo al instante por él, pues el muchacho siempre tenía más miedo que ella a parecer un estúpido.

—Así que pensamos, Aslan —dijo ella—, que debe de haber algún error, y que en realidad no parece molestarle el olor de esas manzanas.

—¿Por qué piensas eso, Hija de Eva? —inquirió el león.

—Bueno, se comió una.

—Chiquilla —replicó él—, por ese motivo ahora el resto le produce pavor. Eso es lo que sucede a aquellos que arrancan y comen frutas cuando no deben hacerlo. La fruta es buena, pero la aborrecen a partir de ese momento.

—Vaya, entiendo —dijo Polly—. Y supongo que puesto que la tomó de un modo indebido no funcionará con ella. Quiero decir que no hará que sea siempre joven y todo eso, ¿verdad?

—¡Ay! —suspiró Aslan, sacudiendo la cabeza—. Sí lo hará. Las cosas siempre actúan de acuerdo con su naturaleza. Ha obtenido lo que más deseaba; posee energía inagotable e infinitos días de vida, como una diosa. Pero una vida larga con un corazón malvado no es otra cosa que un sufrimiento interminable y ya empieza a darse cuenta de ello. Todos obtienen lo que desean; no a todos les gusta.

—Yo... yo estuve a punto de comer una —dijo Digory—. Me habría...

—Sí, muchacho. Pues la fruta siempre funciona, debe funcionar, pero no produce un resultado feliz con aquellos que la arrancan a voluntad. Si cualquier narniano, espontáneamente, hubiera robado una manzana y la hubiera plantado aquí para proteger Narnia, habría protegido Narnia; pero lo habría hecho convirtiendo Narnia en otro imperio poderoso y cruel como Charn, no en el país bondadoso que quiero que sea. Y la bruja te tentó para que hicieras otra cosa, hijo mío, ¿no es así?

—Sí, Aslan. Quería que me llevara una manzana a casa para mi madre.

—Comprende, pues, que sí la habría curado; pero no os habría producido felicidad ni a ti ni a ella. Habría llegado el día en que ambos mirarais atrás y dijerais que lo mejor hubiera sido morir de aquella enfermedad.

Y Digory fue incapaz de decir nada, pues las lágrimas ahogaron su voz y abandonó toda esperanza de salvar la vida de su madre; pero al mismo tiempo comprendió que el león sabía lo que habría sucedido, y que podría haber cosas más terribles que ver cómo la muerte te arrebata a un ser querido. Aslan volvió a hablar, no obstante, casi en un susurro.

—Eso es lo que habría ocurrido, muchacho, con una manzana robada. Pero no es lo que sucederá ahora. La que yo te doy traerá alegría. No concederá, en tu mundo, vida eterna, pero sanará. Ve. Arranca una manzana del árbol para tu madre.

Durante un instante Digory se quedó perplejo. Fue como si todo el mundo se hubiera vuelto del revés y puesto boca abajo. Y luego, como en sueños, se encontró andando hasta el árbol, y el rey y la reina lo aclamaban y todas las criaturas lo aclamaban también. Tomó una manzana y la guardó en el bolsillo; luego regresó junto a Aslan.

—Por favor —dijo—, ¿podemos regresar a casa ahora?

Olvidó decir «Gracias», pero lo pensaba, y Aslan lo comprendió.

CAPÍTULO 15

El final de esta historia y el inicio de todas las demás

—No necesitáis anillos si estoy con vosotros —indicó la voz de Aslan. Los niños parpadearon y miraron a su alrededor. Volvían a estar en el Bosque entre los Mundos; el tío Andrew yacía sobre la hierba, dormido aún; el león estaba junto a ellos.

—Venid —dijo Aslan—, es hora de que regreséis. Pero hay dos cosas que debéis ver primero; una advertencia y una orden. Mirad aquí, niños.

Miraron y vieron un pequeño hueco en la tierra, con el fondo cubierto de hierba caliente y seca.

—La última vez que estuvisteis aquí —explicó Aslan—, ese hueco era un estanque, y cuando saltasteis a su interior fuisteis a parar al mundo donde un sol moribundo brillaba sobre las ruinas de Charn. Ahora ya no existe el estanque. Ese mundo ya no existe, es como si jamás hubiera estado allí. Que la raza de Adán y Eva tome buena nota.

—Sí, Aslan —respondieron los dos niños; aunque Polly añadió:

—Pero no somos tan malos como ese mundo, ¿verdad, Aslan?

—Aún no, Hija de Eva. Aún no. Pero cada vez os parecéis más a él. No es seguro que alguien malvado de vuestra raza no encuentre un secreto tan diabólico como la Palabra Deplorable y lo use para destruir a todos los seres vivos. Y pronto, muy pronto, antes de que seáis ancianos, grandes naciones de vuestro mundo estarán gobernadas por tiranos a quienes importará tan poco la felicidad, la justicia y la compasión como a la emperatriz Jadis. Que vuestro mundo tenga cuidado. Ésa es la advertencia. Ahora la orden. En cuanto os sea posible, quitad a ese tío vuestro sus anillos mágicos y enterradlos de modo que nadie pueda volver a utilizarlos.

Los dos niños tenían los ojos alzados hacia el rostro del león mientras éste les hablaba. Y de repente, aunque jamás supieron exactamente cómo sucedió, el rostro pareció un mar revuelto de oro en el que ellos flotaban, y tal dulzura y poder se movió a su alrededor, sobre ellos, y penetró en su ser que sintieron que jamás habían sido realmente felices, sabios o buenos, ni tampoco habían estado vivos y despiertos, antes de aquel momento. Y el recuerdo de ese instante permaneció con ellos para siempre, de modo que mientras vivieron, si alguna vez se sentían tristes, asustados o enojados, el recuerdo de toda aquella bondad dorada, y la sensación de que seguía allí, muy cerca, justo al doblar la esquina o detrás de una puerta, regresaba y les proporcionaba la seguridad, en lo más hondo de su ser, de que todo iba bien. Al cabo de un segundo los tres —con el tío Andrew despierto ya— penetraban dando tumbos en el ruido, calor y olor a comida de Londres.

Se encontraron en la acera que había frente a la puerta principal de los Ketterley, y con la excepción de que la bruja, el caballo y el cochero ya no estaban, todo se hallaba exactamente igual que como lo habían dejado. Allí estaba el farol, con un brazo menos; también estaban allí los restos del cabriolé; e igualmente seguía reunida allí la muchedumbre. Todos seguían hablando y había gente arrodillada junto al policía lesionado, diciendo cosas como: «Ya despierta» o «¿Cómo se encuentra, amigo?» o «La ambulancia llegará en un santiamén».

«¡Válgame Dios! —pensó Digory—. Creo que toda la aventura no ha durado ni un minuto.»

La mayoría de personas buscaba frenéticamente con la mirada a Jadis y al caballo, y nadie prestó atención a los niños, ya que no los habían visto marchar ni habían advertido su regreso. En cuanto al tío Andrew, entre el estado de su ropa y la miel del rostro, nadie lo habría reconocido. Por fortuna, la puerta principal de la casa estaba abierta y la doncella de pie en el umbral contemplando boquiabierta toda la diversión —¡la joven estaba pasando un día la mar de entretenido!—, así que a los niños no les fue difícil empujar apresuradamente al tío Andrew al interior antes de que nadie les hiciera preguntas.

El anciano corrió escaleras arriba por delante de ellos y al principio temieron que se dirigiera a su buhardilla para ocultar los anillos que le quedaban. No tendrían que haberse preocupado. En lo que éste pensaba era en la botella que guardaba en el armario, así que desapareció en un santiamén en su dormitorio, y cerró la puerta con llave. Cuando volvió a salir, al cabo de un buen rato, llevaba puesta la bata y se dirigió directamente al cuarto de baño.

—¿Puedes ir a buscar tú los demás anillos, Polly? —preguntó Digory—. Quiero ir a ver a mi madre.

—De acuerdo. Te veré luego —respondió ella y

ascendió atropelladamente por la escalera que conducía al desván.

Entonces Digory dedicó unos instantes a recuperar el aliento, y luego entró sin hacer ruido en la habitación de su madre. Allí estaba ella, en la cama, tal como la había visto tantas otras veces, recostada en las almohadas, con el rostro delgado y pálido que daba ganas de llorar con sólo mirarlo. Digory sacó la Manzana de la Vida del bolsillo.

Del mismo modo que la bruja Jadis tenía un aspecto distinto cuando uno la veía en nuestro mundo en lugar de en el suyo, también la fruta de aquel jardín de la montaña tenía un aspecto diferente. Sin duda había toda clase de cosas de vivos colores en el dormitorio: la colcha estampada de la cama, el papel de la pared, los rayos de sol que entraban por la ventana y el bonito peinador azul claro de su madre; pero en cuanto Digory sacó la manzana del bolsillo, todas aquellas cosas parecieron palidecer. Cada una de ellas, incluso la luz del sol, pareció descolorida y opaca. El brillo de la manzana proyectaba curiosas luces sobre el techo, y no había nada que valiera la pena contemplar: uno no podía mirar ninguna otra cosa. Y el olor de la Manzana de la Vida hacía imaginarse que había una ventana en la habitación que daba directamente al cielo.

—Cariño, qué bonita —dijo la madre de Digory.

—¡Cómetela, por favor! Vamos, di que sí —suplicó él.

—No sé qué diría el doctor —respondió ella—. Pero la verdad es que... creo que no tendría inconveniente.

El niño la peló y cortó a trocitos y se la dio pedazo a pedazo. En cuanto se la terminó, su madre sonrió, dejó caer la cabeza sobre la almohada y se durmió: con un sueño auténtico, natural y dulce, sin ninguna de aquellas medicinas desagradables, que era, como Digory bien sabía, lo que ella más deseaba en aquel mundo. Se sintió seguro enton-

ces de que su rostro tenía un aspecto algo diferente. Se inclinó y la besó con suavidad, y luego abandonó la habitación con el corazón latiéndole con violencia. Se llevo consigo el corazón de la manzana. Durante el resto del día, cada vez que contemplaba las cosas que lo rodeaban, y veía lo normales y corrientes que eran, apenas se atrevía a tener esperanzas; pero cuando recordaba el rostro de Aslan la esperanza regresaba.

Aquel atardecer enterró el corazón de la manzana en el jardín trasero.

A la mañana siguiente, cuando el doctor realizó su visita habitual, Digory se inclinó sobre la baranda para escuchar. Oyó cómo el doctor salía con la tía Letty y decía:

—Señorita Ketterley, éste es el caso más extraordinario que he visto en todos los años que hace que soy médico. Es... es como un milagro. Yo no le diría nada al pequeño por el momento; no debemos crear falsas esperanzas. Pero en mi opinión...
—Entonces su voz descendió demasiado para que pudiera seguir oyéndolo.

A primera hora de aquella misma tarde, Digory bajó al jardín y silbó la señal secreta que había acordado con Polly, ya que ésta no había podido regresar el día anterior.

—¿Ha habido suerte? —preguntó ella, mirando

por encima del muro—. Quiero decir, respecto a
tu madre.

—Sí, creo que todo irá bien —respondió Digory—. Pero si no te importa preferiría no hablar de
eso aún. ¿Qué hay de los anillos?

—Los tengo todos. Mira, no hay peligro, llevo
guantes. Vamos a enterrarlos.

—Sí, hagámoslo. He marcado el lugar donde
ayer enterré el corazón de la manzana.

Polly saltó entonces al otro lado del muro y juntos fueron hasta allí. Sin embargo, resultó que no
hacía falta que Digory hubiera marcado el lugar,
pues algo empezaba ya a brotar. No crecía tan
rápido como los árboles en Narnia, pero sobresalía ya un buen trecho del suelo. Buscaron una pala
y enterraron todos los anillos mágicos, incluidos
los suyos, en un círculo a su alrededor.

Aproximadamente una semana después de
aquello ya no existía la menor duda de que la
madre de Digory mejoraba. Unas dos semanas
después ya se sentaba en el jardín y, al cabo de un
mes, toda la casa se había transformado en un
lugar distinto. La tía Letty hacía todo lo que le
gustaba a su madre; se abrieron las ventanas, se
corrieron las desaliñadas cortinas para que entrara más luz a las habitaciones, se colocaron flores
frescas por todas partes, se prepararon cosas deli-

ciosas para comer, incluso afinaron el viejo piano
y su madre volvió a cantar, y jugaba a tales juegos
con Digory y Polly que la tía Letty acostumbraba
a comentar:

—Vaya, Mabel, pero si tú eres la más niña de los
tres.

Cuando las cosas marchan mal, uno descubre
que por lo general acostumbran a ir de mal en
peor, pero cuando las cosas por fin empiezan a ir
bien, a menudo mejoran y mejoran sin parar. Al
cabo de unas seis semanas de aquella agradable
existencia llegó una carta de su padre, desde la
India, con noticias magníficas. El anciano tío abuelo Kirke había muerto y eso significaba, al parecer,
que su padre era ahora muy rico; por ese motivo
iba a licenciarse y a regresar a casa desde la India
para quedarse definitivamente. Y la enorme casa
situada en el campo, sobre la que Digory había
oído hablar toda su vida y no había visto jamás,
sería entonces su hogar; la enorme casa con ar-
maduras, cuadras, perreras, el río, el parque, los
invernaderos, las viñas, los bosques y las montañas situadas detrás de ella. Así pues, Digory se
sintió tan seguro como el que más de que iban a
vivir muy felices a partir de entonces. No obstante,
tal vez te interese saber una o dos cosas más.

Polly y Digory fueron siempre buenos amigos y

ella iba casi todos los años a pasar las vacaciones con ellos en su hermosa casa en el campo; y fue allí donde la niña aprendió a montar a caballo, a nadar, a ordeñar, a hornear y a escalar.

En Narnia los animales vivieron en paz y alegría, y ni la bruja ni ningún otro enemigo fue a perturbar aquel apacible país durante muchos cientos de años. El rey Frank, la reina Helen y sus hijos vivieron felices en Narnia y su segundo hijo se convirtió en el rey de Archenland. Los chicos se casaron con ninfas y las chicas con deidades del bosque y del río. El farol que la bruja había plantado —sin saberlo— brilló día y noche en el bosque narniano, de modo que el lugar donde creció acabó llamándose el Erial del Farol; y cuando, muchos años más tarde, otra niña de nuestro mundo entró en Narnia, una noche nevada, la pequeña encontró el farol todavía encendido. Y aquella aventura estuvo, en cierto modo, conectada con las que te acabo de contar.

La cosa sucedió así. El árbol que surgió del corazón de la manzana que Digory plantó en el jardín trasero, vivió y creció hasta convertirse en un árbol espléndido. Al crecer en el suelo de nuestro mundo, muy lejos del sonido de la voz de Aslan y lejos del aire juvenil de Narnia, no dio manzanas capaces de revivir a una mujer moribunda como había sucedido con la madre de Digory, aunque sí dio las manzanas más hermosas de todo el país, que además eran sumamente saludables, aunque no del todo mágicas. Sin embargo, en su interior, en su misma savia, el árbol —por así decirlo— jamás olvidó aquel otro árbol de Narnia al que pertenecía. En ocasiones se movía de un modo misterioso cuando no soplaba viento: creo que cuando eso sucedía soplaban fuertes vientos en Narnia y el árbol inglés se estremecía porque, en aquel momento, el árbol de Narnia se balanceaba y oscilaba bajo un fuerte vendaval del sudoeste. Fuera como fuese, se demostró más tarde que quedaba aún magia en su madera; pues cuando Digory era ya un hombre de mediana edad —que se había convertido además en famoso erudito, catedrático y gran viajero— y la vieja casa de los Ketterley le pertenecía, estalló una gran tormenta en todo el sur de Inglaterra que derribó el árbol. Como no soportaba la idea de hacer que lo cortaran para convertirlo en leña, pidió que construyeran un armario con parte de la madera, que luego colocó en su enorme casa en el campo. Él no descubrió las propiedades mágicas de aquel armario, pero otra persona sí lo hizo, y así empezaron todas las idas y venidas entre nuestro mundo y el de Narnia, sobre las que puedes leer en otros libros.

Cuando Digory y su familia fueron a vivir a la gran casa de campo, se llevaron al tío Andrew a vivir con ellos, pues como el padre de Digory dijo:

—Debemos intentar impedir que el buen hombre cometa disparates, y no es justo dejar que la tía Letty se encargue siempre de él.

El tío Andrew jamás intentó volver a jugar con la magia. Había aprendido la lección y cuando ya era muy anciano se volvió más amable y menos egoísta que antes. Sin embargo, siempre le gustó recibir visitas a solas en la sala del billar y contarles historias sobre una misteriosa dama, perteneciente a una realeza extranjera, con la que había paseado en coche de caballos por Londres.

—Tenía un genio terrible —acostumbraba a decir—. Pero era una mujer magnífica, sí, señor, una mujer magnífica.

El León, la Bruja y el Armario

—Nos ha tocado la lotería, de eso no hay duda. Esto va a resultar espléndido. Ese anciano nos dejará hacer todo lo que queramos —dijo Peter a Susan, Edmund y Lucy.

El viejo profesor, desde luego, parecía vivir en un mundo propio, de modo que los niños se dedicaron a divertirse por su cuenta en la enorme y vieja casa situada a kilómetros de cualquier sitio en el corazón del país.

Primero se dedicaron a la emocionante ocupación de explorar la casa; largos pasillos, interminables dormitorios sin ocupar, una colección de habitaciones repletas de libros y una enorme y desolada habitación que no contenía otra cosa que un armario de gran tamaño. «Valía la pena examinar aquello», pensó Lucy, y mientras se abría paso por entre las hileras de abrigos colgados en el interior, notó algo suave, polvoriento y sumamente helado. Entonces se dio cuenta de que algo frío y blando caía sobre ella, y descubrió que se encontraba de pie en medio de un bosque en plena noche, con nieve bajo los pies y copos de nieve cayendo desde lo alto. Lucy acababa de llegar al extraño y mágico mundo de Narnia.

Ésta es la segunda aventura de las excitantes
Las Crónicas de Narnia.